現代女性作家読本 ⑤

# 松浦理英子

RIEKO MATSUURA

清水良典 編

鼎書房

# はじめに

二〇〇一年に、中国で、日本と中国の現代作家各十人ずつを収めた『中日女作家新作大系』（中国文聯出版）全二十巻が刊行されました。その日本方陣（日本側のシリーズ）に収められた十人の作家は、いずれも現代の日本を代表する作家であり、卒業論文などの対象にもなりつつありますが、同時代の、しかも旺盛な活躍を続けている作家であるが故に、その論評が纏められるようなことはなかなかありません。

そこで、日本方陣の日本側編集委員を務めた五人は、たとえ小さくとも、彼女たちを対象にした論考の最初の集成となるような本を纏めてみようと、現代女性作家の読本シリーズを企画した次第です。

短い論稿ということでかえって書きにくい依頼にお応えいただいた、シリーズ全体では延べ三〇〇人を超える執筆者の皆様に感謝申し上げるとともに、企画から刊行まで時間がかかってしまったこともあって、早くから稿をお寄せいただいた方に大変ご迷惑をおかけしてしまいましたことをお詫び申し上げます。

『中日女作家新作大系』に付された解説を再録した他は、すべて書き下ろしで構成していることに加え、若手の研究者にも多数参加して貰うことで、柔軟で刺激的な論稿を集められた本シリーズが、対象の当該女性作家研究にとどまらず、現代文学研究全体への新たな地平を切り拓くことの一助になれればと願っております。

現代女性作家読本編者一同

# 目次

目次

松浦理英子

# 永遠に未来の作家——清水良典

世の中にはいわゆる「寡作」の作家が存在する。しかし、松浦理英子の場合ほど極端な例は、少なくとも日本文学では稀である。何しろ一九七八年のデビュー以来、四分の一世紀を超えたというのに、この作家の著書は十指に満たない。この十年間でも片手で足りるのである。文壇では普通、書かない作家は容赦なく忘れられる。しかし松浦理英子は読者の記憶の中で永遠に新しい。それはエヴァーグリーンの青春小説ともまったく異なる。他と比較を絶した、松浦理英子という固有名でしか呼び得ない世界が、少数の者のみが知る秘境のように存在しつづけているのである。

松浦理英子はまだ大学生だった一九七八年に、二十歳で「葬儀の日」によって「文学界新人賞」を受賞してデビューした。女性作家の出発としてはとても早かったわけだが、その後の彼女の歩みは、たんなる早熟な「才媛」の成長ラインとは著しく異なっていた。初期作品を三編集めた『葬儀の日』の文庫版において、植島啓司は次の言葉で解説を締めくくっている。

いつも彼女は待たれているのである。未来の作家として。

この言葉に表れているように、松浦理英子は今もなお「未来の作家」である。もちろん作家としての才能を疑う者はいないのだが、その文学的な本質を理解できる者はまだごく少数であろう。というよりも、作者自身が衆目の凡庸な理解を自ら拒むような作品を書き続けているといってもいい。

何ゆえに松浦理英子は理解が困難なのか。それは第一には、彼女の書く世界が、常にレズビアニズムやＳＭといった性的なマイノリティーをきわめて身近な態度で扱っており、それによってヘテロセクシャルな家族本位の、ヒューマニズムの通念を超えた人間関係の可能性が模索されているからである。

たとえば最初の長編小説『セバスチャン』(81)は、男性への性欲をまったく感じない麻希子が、嗜虐的な女性背理との〈主従関係〉のような交友を続けているが、小児麻痺で脚が不自由な元ギタリストの青年工也と出会い、性的な関係のあり方を変革しようとする物語である。工也もまた被虐的な性倒錯者だったが、彼に惹かれながらも麻希子は鞭打つ嗜虐の立場になりきることはできなかった。結局彼女は、背理も工也も喪ってしまう。

理想の性的関係の模索あるいは探求という松浦のモチーフが、荒削りながら、この作品にはすでにはっきり表れている。〈背理〉はseriと発音するが、いうまでもなく世界が矛盾に引き裂かれた背理の意味を背負っている。一方、koyaと読む工也は日本語読みでの「荒野」の音を連想させる。エロスと人生が軋みを立ててぶつかる背理と荒野を、若くして松浦は背負ってしまった文学者なのだ。

レズビアン関係の二人の女性のベッドが朝起きると経血に染まっていたというショッキングなシーンから始まる『ナチュラル・ウーマン』(94)は、いわば気の弱い一般読者のための挨拶や導入抜きに、いきなり濃密な松浦的世界へ我々を引きずり込む。整った美しさのスチュワーデスの夕記子、腕力のある由梨子、彼女たちとの同性愛的な交際を遍歴しながらも〈私〉すなわち容子の意識には、かつての恋人花世の存在が深い傷のように刻みつけられている。主従関係に近い同性との交際は、『セバスチャン』の麻希子と背理にも見られた。しかし、明らかにそれが、この作品では複数の異なる相手との関係によって相対化され、よりきめ細かく比較検証されている。容子は複数の同性との恋愛を経ることで、花世との関係を咀嚼しなおし、自分の愛のあり方の座標を確認しなおしている。その追求の果てに、真の恋人を見出すことも快楽に没頭することもできなくなり、寒々と孤独を噛みしめるしかないのだ。このペシミスティックな結末も『セバスチャン』の再演といえる。

いったい「容子」は何を追及しているのか。

「本当のセックスって、どういうもの?」

花世はステレオの上から手を下ろした。

「何を訊いてるの?」

「つまり、これぞ正真正銘のと呼べる、純正で理想的な、セックスの典型ってあるのかしら?」

「気違いじみてるわね。」花世は呆れ顔だった。(『ナチュラル・ウーマン』)

容子の問いが〈気違いじみてる〉のは、個々に固有の体験であるはずの性愛に普遍的な「本当」や「純正」「理想」の理念が問われているからである。狂おしく恋人を求める情熱や不如意への苦悩というよりも、やむにやまれない形而上学的な飢餓といおうか、ほとんどスコラ学的な探究心がここには表れている。このような問いに憑かれてしまった容子は、決して真の恋人にめぐり合って自足するようなことはなく、永遠に孤独な彷徨を続けるよりないであろう。この性愛への一種神学的関心が『親指Pの修業時代』において、ヨーロッパ教養主義小説の伝統をなぞりながら大規模に展開されたこと周知のことだが、それに先立ってより直接的に思想が開陳されたのが、のちに『優しい去勢のために』に収められたエッセイ群である。

女であることの根拠を性器に求め性器に限定された女性性に執着する女は貧しく、醜く、弱い。たとえ肉体的には頑健であってもそれは変わらない。(中略)

性器から自由になるとは、性器経験を性経験の本質と捉えず、性器を武器だとか男と女の親しさの度合を測る道具に仕立てたりせず、別に男に向かって開かれているのでもない何ら特別ではない器官として意識する、というほどの意味である。（「性器からの開放を」）

このような思弁的エッセイは『ナチュラル・ウーマン』の執筆と並行して、一九八〇年代中ごろに書かれていた。ここで松浦が主張していることは、アメリカの過激なフェミニスト、アンドレア・ドウォーキンのような、セックスの全面拒否なのではない。むしろ〈純正で理想的な、セックス〉の、一試案に他ならない。〈去勢〉とは、性器に従属しない、所与の肉体条件を超越した〈自由〉を手にした上で、初めて純粋なセックスの本義を模索できるという思考なのである。あたかも肉体の超克によって真理の覚醒に至るという神秘宗教的な〈解脱〉に近い側面さえある。

〈理想的なセックス〉という〈気違いじみた〉命題をめぐって、まさにゲーテ的な教養小説的冒険を繰り広げるのが、大作『親指Pの修業時代』（93）である。ある朝、足の親指がペニスになってしまった女子大生が、ヘテロセクシャルで凡庸な男性の恋人と元の平凡な恋愛関係を維持できなくなり、自分の性的アイデンティティーを探し求めて彷徨させざるを得なくなる。盲目の音楽家と知り合ったのち、身体に欠損や畸形を持つ者たちがセックスショーを見せる奇妙な巡業一座に所属する。そしてメンバーたちとの交流の中で、レズビアンも含めて、さまざまな性交渉を試しながら〈理想のセックス〉を探し求める。ショッキングでセンセーショナルな内容ながら、この大作で松浦は、彼女のモチーフがきわめて真摯でモラリスティックな探求であることを明らかにしたといえる。この作品によって、初めて彼女は文学的にも商業的にも、完全な成功を収めることができた。

しかし、その後の松浦は再び寡作な雌伏時代に入ってしまう。エッセイやインタビューや短文は多くあるが、小説の発表は『親指Pの修業時代』以後、なんと七年間も途絶えてしまった。そしてようやく発表されたのが『裏ヴァージョン』(00)である。

すでに松浦は『やさしい去勢のために』(94)において、性器結合主義的な性愛を否定した。それを脱ぎ落とせたとして、ではそこになおも存続しうる性愛関係とは、どのようなものだろうか。性器結合の差異による陶酔や幸福に依拠しない、おそらくは主従や依存、上下や内外の差異によって複雑化された《関係》の関係ではないだろうか。『裏ヴァージョン』は、そんな複雑な《関係》の世界を思わせる。

アメリカを舞台にした短編が六作、立て続けに冒頭に置かれている。原稿用紙で二十枚ほどのごく短い作品だが、いずれもアメリカ人が主人公で、異なる主人公が次第に関係の糸で結ばれていく。後半には日本の高校生が主人公になった短編もある。十五話の短編群は、どれもSM的なエロスの主題がたえず見え隠れしていて、軽やかな装いに包まれた性の観念の格闘技の断片である。それらの短編自体も極上の松浦的世界の短編として興味深く読めるのだが、これらの短編集が、さらにある仕掛けの内部に置かれていることが、短編の末尾に字体の異なる罵倒や詰問のコメントが付け加えられていることで想像できる仕組みになっている。そのコメントの主と、短編小説の書き手との関係が、その短編群をさらに取り囲む「メタ小説」的設定になっているのだ。小説とわれわれ読者との間に作中人物が立ちはだかり、作家との仲たがいを始め、その遣り取りが短編群の上にかぶさった外部「小説」テクストになっていくのである。

〈ここにいるわれわれはすでに空に書かれたテクストの中にいる〉というウィリアム・バロウズの言葉が後半部に出てくる。それを読むと、ふいに足を取られて宙に浮かんだような気分に襲われる。書く、あるいは読む「自分」とは何者か、という自問の底なし井戸が、書かれたテキストと書く主体の自意識との格闘、さらにそれを読む主体の意識と外部の読者へ向けた挑戦的な闘争の、錯綜した関係を増殖させ発展させていく。これはそういう「書く」行為にまつわるさまざまな意識間の闘争的《関係》が、そのまま小説のモチーフになったような作品なのである。

純正な、理想のセックスを探し求めてきた松浦の旅は、ここに至って内的な方向へ転換している。すなわち求めて得られない理想の他者との出会いではなく、書く自己というシステムを分裂させ、闘争的《関係》を自己増殖させている。

松浦理英子はこれからどこへ進んでいくのだろうか。『裏ヴァージョン』ののち、また長い沈黙が続いている。しかし、確信できるのは、その表向きの沈黙のあいだも、彼女の探求は過激さをいや増して持続しているに違いないということである。それゆえに彼女は、〈未来の作家〉として、熱く待たれ続けるのだ。

（愛知淑徳大学教授）

# 「葬儀の日」――感傷と欺瞞に抗する「純文学」作家のデビュー作――

土屋　忍

松浦理英子は、〈デビュー作にはその作家のすべてが凝縮されている、というような文学観〉をすでにすたれたものとみなしている。そこには、作家としての自己形成をデビューの後でおこなったという自己認識がみてとれる（「歩みの遅い新人」「新刊ニュース」99・2）。

常にベストの作品を世に送り出しているという自負のある現役作家が、デビュー作にとらわれることなくいつでも新作により判断して欲しいと読者に望むのは当然であろう。また、過去に書いたものなど他人の書いたものでしかないとする気持もよく理解できる。しかし、にもかかわらずここでは、あえて「葬儀の日」（「文学界」78・12）という彼女のデビュー作をとりあげて、その可能性を追求しておきたい。後世に残る作家のデビュー作とは、著者の意志や作品の同時代「評価」とは無関係にそういう運命を辿るものなのである。

さて松浦理英子は、「純文学」を意識して小説を書きはじめている。「純文学」を書いている自覚があると自ら明言し、「純文学」を〈真剣で野暮ったいもの〉と定義していることからもそれはわかる（「週刊文春」81・5・7）。また、「文学界」（という「純文学」の雑誌）をわざわざ狙って応募したとも証言している（「週刊ポスト」81・1・23）。彼女の文学観には、「純文学」とそれ以外を選別する意識があると言ってよいだろう。このことは、彼女の意識の問題にとどまらない。〈マイナーポエット〉という評（朝吹亮二「明日は主役！3　松浦理英子」「ELLE-JAPON」87・

2・20）も、結果的に寡作であることも、デビュー当時からマスコミに出るのをできるだけ避けてきた点も、彼女を「純文学」の側の作家として認知させるのに一役買っている。自ら定めた立場も、世間で形成されたイメージも、明らかに「純文学」を志向していたのである。

「純文学と非・純文学」という区分を一切認めない人もいるが、メロドラマ的感傷を目指しているかどうかがひとつの内容上の分水嶺になるのではないか。メロドラマに不可欠な涙と笑いに頼りすぎず、センチメンタリズムとは一定の距離をとろうとする感性と方法意識が「純文学」を志向させるのだとしたら、「葬儀の日」も、間違いなくそうした感性と方法意識から生まれた作品である。

＊

小説「葬儀の日」における〈私たち〉は、〈葬式の悲しみを盛り上げるという務め〉を果たす〈泣き屋〉という職能集団である。なかでも〈私〉は、それを見た参列者たちの間に〈悲しい気分をつくり出〉し涙をさそうのに充分な〈極めて真に迫った泣きっぷりを見せ〉ることのできる〈泣き〉の名手である。〈泣き屋〉は、〈自分の感情とはかかわりなく〉泣く。それが〈興醒め〉〈不自然〉〈死者への侮辱〉になるのかどうかについては、雇う側の〈喪主〉が考えるべきこととされる。

〈泣き屋〉は、自覚的な計算に基づいて泣くために、涙という感傷の道具を冷静に見つめる自意識を働かせなければならない。そのような自意識を抱える〈泣き屋〉を登場させている時点ですでにこの作品は「純文学」的だと言えよう。そして、〈泣き屋〉である〈私〉と一対の関係にある〈笑い屋〉の存在は、〈泣き屋〉の存在証明となり、かつ〈私〉の自意識を相対化してくれる。〈泣き屋〉の〈片割れ〉とも言うべき〈笑い屋〉は、作中で次のように説明される。〈葬式という行事が本質的に持つ欺瞞が我慢できない喪主が、皮肉な演出として時折呼ぶのが笑い屋である。悲しみの情に動かされない人でも、葬式の席で笑うような不謹慎な者に対しては、怒りを掻き立てられ感情を露わにせずにはいられない。泣かせるにせよ怒らせるにせよ、要は人々を煽ることが目的なのである。その職業の人々は、私たち泣き屋が泣いてお金を貰うのと同様、笑ってお金を貰う。泣き屋と笑い屋を同時に呼んで異様に作為的な情景をつくり、薄笑いを浮かべてそれを眺めるこの上なく皮肉な演出家もいる〉。

ハインリヒ・ベルの短篇小説「笑い屋」(52)における〈私〉は、〈笑うことで暮らしをたてている〉。〈私〉は、必要に応じて〈多種多様なやり方で笑う〉ことができる。〈伝染性の笑いをマスターしている〉〈一種の高級なさくら〉を自認しており、〈自分の落ちがお客に受けるかどうか心配で身が震えているような、そしてそれも当然な三流四流のコメディアンにとって、不可欠な人物〉である。しかし〈私〉は、〈自分自身の笑い〉を知らない(引用は青木順三編訳『ハインリヒ・ベル短篇集』岩波文庫、88を参照)。このように物語られた「笑い屋」は、たとえばテレビ番組の収録時などに「観客」として動員され、演出どおりの笑いや拍手を提供するアルバイトの存在を想起させる。言わば現代メディア共同体においては「笑い屋」が不可欠であることに気づかせてくれる。すなわち「笑い屋」とは、フィクションを演出する職業であると同時に、身近なメディア的実体でもある。

それに対して「泣き屋」は、民俗(史)的実体でもある。「第47回文学界新人賞選評」の田久保英夫「冒険の喜び」(「文学界」78・12)が解説しているように、「葬儀の日」の〈泣き屋〉は、古来から伝承されてきた民俗としての〈泣き女〉の儀礼が〈都会風の背景に抽象化〉されたものだと言える。ただし田久保は、沖縄を含む現代日本を念頭に置いているが、井之口章次『日本の葬式』(筑摩書房、77)や『旧約新約聖書大事典』(教文館、89)、齋藤久美子「古代エジプトの泣き女」(『貞末尭司先生古希記念論集』海鳥社、98所収)等を参考にするなら、「泣き女」とは、日本列島だけではなく、広く朝鮮半島、中国、古代オリエントにみられる葬送儀礼であり、男性の存在も確認される。思いかえせば、『イソップ寓話集』にも〈金持〉に雇われて死を嘆く〈泣女〉は出てくる。また、現代中国を舞台にした映画『涙女（原題：哭泣的女人）』（リュウ・ビンジェン監督、カナダ・フランス・韓国による合作、02、日本公開は04）でも、ひとりの女性が、お金のために不倫相手と〈哭き屋〉商売をはじめ、夫の死をきっかけにして〈哭く〉ことに目覚める場面までを描いて話題になった。喪における嘆きを身体で表現する「泣き女」は、本来的には宗教上の意味を担っているという点で「笑い屋」とは異なる。

早くから〈泣女〉を考察の対象にして後代に影響を与えた柳田國男の「涕泣史談」（41）が収録されている岩波文庫『不幸なる芸術・笑の本願』（79）には、泣くことと笑うことの習俗現象上の比較考察だけではなく、〈泣く文学（怒る文学）〉〈笑いの文学〉という境界設定を試みる文学論も併録されている。後続の民俗学者が、日本における〈泣女〉分布の実証研究といった縮小された枠組で柳田の試論を継承したのに対して、「葬儀の日」は柳田の提起を文学の問題としてうけとめているとみることもできる。逆に言うとそこでは、メディア批評的な「笑い屋」の存在により、「泣き女」の宗教性が捨象されているのである。

〈泣き屋〉は実在するが〈笑い屋〉は作者の〈思いつき〉であり、それを〈ずいぶんおもしろいと思う〉として、作品全体としては種々不満があるが〈笑い屋〉という〈思いつき〉には感心したという評価（「群像」79・1に掲載された第37回「創作合評」における川村二郎の発言）がある。ずいぶん失礼な話である。〈思いつき〉だとしたらどちらも〈思いつき〉でしかない。川村は実在するか否かという指摘をしたいのかもしれないが、設定自体はどちらも借りてきたものにすぎない。「葬儀の日」に描かれた〈泣き屋〉と〈笑い屋〉という一対の相互依存関係は、〈私〉の自意識を相対化するのみならず、泣くこと（泣かないこと）も笑うこと（笑わないこと）も自由にできない人間世界を風刺している。現代世界に生きる者の多くは、ひとりの人間の死に立ち会うときでさえ、尊大な感傷の押し売りと制度の欺瞞に凭れかかる開き直りから逃れることが想像以上に困難なのである。

＊

これまで「葬儀の日」は、もっぱら〈私〉の内面の描法という観点から論じられてきた（その意味でも「純文学」的である）。〈私〉の複数性が織り成す自己批評の物語として読まれ、〈自己同一性〉〈ドッペルゲンガー〉等をキーワードにして説明されてきたが、今後は、〈私〉の無国籍性、〈私〉のジェンダーの検証も重要になってくるだろう。すなわち、〈泣き屋〉である〈私〉と〈笑い屋〉の無意識的結託を見抜いた〈女性〉は、確かに〈黒い和服〉を着ていたが、〈私〉の国籍が「日本」であることを示す材料は直接的にはないのではないだろうか。また、〈私〉にとって大きな意味をもたなかった〈少年〉とのセックス以外に〈私〉の性別が問われる局面はないのではないか。〈私〉の国籍もジェンダーも、容易に特定できないのである。

しかし、それ以上に読み落としてならないのは、儀礼的な葬式の〈欺瞞が我慢できない喪主〉の視座である。〈泣き屋と笑い屋を同時に呼んで異様に作為的な情景をつくり、薄笑いを浮かべてそれを眺めるこの上なく皮肉な演出家〉としての〈喪主〉は、〈泣き屋と笑い屋〉という〈二つの岸〉を結ぶ〈川〉のように自然な存在である。葬儀業というのは、他人の死（及び死後）をビジネスとしてひきうけて生計をたてている人間が、できるだけその作為性、世俗性などを見えにくくして死者を哀悼しやすい環境をつくることによって成立している。〈泣き屋と笑い屋〉という仕掛けも、一面においてはそうした営業努力の一環である。もちろん、それらすべてはスポンサーである〈喪主〉からの依頼が前提にあっての話なので、葬儀や葬儀業者の計算や冷酷を批判するのは当たらない。葬儀という場においては、もっとも死者に近くもっとも辛い立場の人間こそが〈この上なく皮肉な演出家〉なのである。

文学という場において、ありがちな葬儀無用論に傾くことなくアイロニカルな〈喪主〉の視点を獲得し得るのは、おそらく感傷や欺瞞に身を委ねるだけでは満足できない「純文学」の読者であろう。そして、〈泣き屋〉と〈笑い屋〉の関係を、比喩としても批評としても理解することができなかった〈インタビュアー〉のような存在は、〈私〉にとっての絶対的他者であり、「非・純文学」の読者を代表していると言えるだろう。〈私〉を通じて〈喪主〉や〈インタビュアー〉に目を向けてみても、「葬儀の日」が志向する「文学」にたどりつくのである。

（武蔵野大学専任講師）

# 「葬儀の日」――川の両岸・関係の追究――花﨑育代

「葬儀の日」（初出「文学界」78・12、文学界新人賞受賞、80、文芸春秋刊）には〈泣き屋〉の〈私〉と〈笑い屋〉の〈あなた〉＝〈彼女〉が登場する。葬儀の場面での習俗としての泣き女を知っている読者も、職業的に、〈泣き屋〉に加えて、〈皮肉な演出〉に一役買う〈笑い屋〉までも用意されている設定には意表を突かれることであろう。この非現実的な設定から、この小説を、一人の人間の中の両面、いわば、葛藤の物語と読むことも可能かもしれない。作中の老婆が〈誰でもそれぞれ自分の片割れを持っている〉と語る場面を読み、少年が自らの〈片割れ〉との関係を突き詰めることのない姿勢を、〈鏡にスプレーを吹きかけ刈り込み前のナルシシズムを封じ込めた〉と評する地の文を読めば、そのように、一個人のなかの葛藤だと解することは不可能ではない。

しかし、〈泣き屋〉の〈私〉は、〈笑い屋〉の〈彼女〉がいなくなったことを受け容れることができない。〈彼女〉との関係を想起し、その息苦しさにもかかわらず、そこから脱却などできないでいる。小説は二人の関係を冒頭から次のように記している。

私たちは友達などではなかった。もちろん仲間でも。名づけるなどという小細工のしようのない圧倒的な関係だった。

この〈私〉と〈あなた〉＝〈彼女〉との〈圧倒的な関係〉を主軸に書かれているのが「葬儀の日」なのであ

る。そしてこうした関係の追究が松浦の考え抜きたいテーマであることは、たとえば次のようなインタビューでの発言にも明らかである。

一種の人間フェチ、関係フェチみたいなところがありますから。マニアックなんですよ、人間というものに対して。(「人間に対してちょっとマニアックなんです」「広告批評」95・4)

こうした松浦の志向は、この小説では、非現実的な設定の中で、しかしだれもが日常的に関わり得る対人関係というものこそを徹底的に追究することによって表れているといえるのである。

〈私〉と〈彼女〉の関係はどのようなものなのか。〈私〉はそれを〈交流〉といったものではないといい、たとえてみれば〈一本の川の右岸と左岸〉のような関係だと言う。

一本の川の右岸と左岸を想像してみて下さい。そうした関係です。(中略)川の右岸と左岸は水によって隔てられている。あるいは水によって統合されている。また別の観点から言えば、川の一部、川に属するという意味で、二つの岸は同じものではないにしてもまったく異なるものでもない。／いずれにせよ、二つの岸は川の両端にあります。

文学界新人賞選評で田久保英夫は弁証法を想起させるものとしてこの比喩を特筆している(「文学界」78・12)のだが、この比喩はきわめて印象的である。二〇歳前の同性同士の人間を、川の両岸という無生物だが変動しうる長大なものにたとえること自体、きわめてユニークである。一人称で語る〈私〉が、〈彼女〉との関係をつきつめないためにと、〈灰色の髪の男〉にアドバイスされる「まあ恋人でもつくることだ」ということばに〈私〉が腹を立てることでも明らかなように、松浦は、小説の中で〈私〉と〈彼女〉の関係を他のなにか別物によって紛らわしたりあいまいにしたりすることを峻拒する。それが、互いに無視できない川の両岸という関係によって、明確に比喩されているのである。一方の存在（片岸）は、もう一方の存在（もう片岸）によって可能なのであるから。そしてその右岸、左岸という長大さは、「恋人」といった他の関係によって左右されない雄大さをもイメージさせるのである。

しかし〈私〉と〈彼女〉は、川の両岸がそうであるように、互いにその関係をやり過ごすことはできないが、かといって近づき過ぎることも不可能である。それは互いの存在の否定になるからである。

で、ある日突然、お互いに対岸の存在に気づいたとします。いったいどうするべきでしょう？　走って逃げ出すことは不可能です。無視を決め込んでそのまま何食わぬ様子で在り続けることはできます。もう一つ手があります。自らの体である土を少しずつ切り崩して行って、水の中に侵入し、対岸に達しようと試みることです。とても時間がかかるし、洪水などによる自然変動に妨げられることもあるでしょう。それでもいつか水を呑み尽くすことなるかも知れません。（中略）両岸がないと川にならないじゃありませんか。そして、そのことから、ある問題が生じます。二つの岸がついに手を取り合った時、川は潰れてしまってもはや川ではない。岸はもう岸ではない。二つの岸であった物は自分がいったい何者なのかわからなくなってしまう。それで苛々するんです、進むべきか渋滞し続けるべきか。

二人が過剰にその関係を顕在化させてしまったことがあった。それを〈一つの事件〉として記す小説は、第三者の、やはり身近な人間を〈片割れ〉と意識して生きてきた女性から非難される。それも川を想起させる比喩で語られている。

一人じゃ居ても立ってもいられなくて、自分というものの確信もできず、互いに頼ろうとしたわ。二人で生きながらに合流して

そして〈昨日の葬式〉に来なかった〈彼女〉の存在をいっそう強く見つめようとする〈私〉は、その自らの〈重苦しさ〉を、〈私〉の外部のからからの晴天と内部の〈濁流〉と、という、やはり川を思わせる比喩で表現する。

晴天。私は無防備で照らし出されている。私の中の濁流とは全く反対に、空気が余りに乾いている。

過剰な接近は第三者にも非難されうる〈合流〉と映り、それは紛れもなく、ひとつの川の変貌・消滅＝〈自分〉の消滅を意味してしまう。一方で〈彼女〉がいないこともまた、その〈重苦しさ〉が、川をその両岸おのおのの存在をも呑み込んでしまうような〈濁流〉として〈私〉に迫ってきてしまう。

あなたと私を極めたい。脱却などしたくもない。（中略）あなたとここまで来てしまったのは幸福だ。これからの行方は底なしだが、できる限りお互いを呑み尽くしたい。愚直に。

問題をやり過ごすことなく見つめ続けること。松浦はのちにたとえば『ナチュラル・ウーマン』（87）でも、〈私〉は花世との関係を身体的に〈沼〉――底なしのそれを思わせる―で追究し、〈池〉―妊娠・出産に繋がりうる、すなわち双方の関係以外の場面へのずらしうる場所―を拒絶していた。両岸はなくなってしまうかもしれない。自分が何者かわからなくなるかもしれない。そういう不安を抱えながら、それでも、〈底なし〉でも、互いの関係をきわめようとすること、それが、「葬儀の日」ではつよく示されているのである。

（立命館大学教授）

# 「葬儀の日」――第二の生誕あるいは逆向きの否認――芳川泰久

あらゆる意味で今日の葬式が最後だ。彼女は死んだ。今日は彼女の葬式だ。

そう結ばれる「葬儀の日」を読み終えたときに感じるのは、この物語が自らの結末を超えてとりうる可能性であり、転じて、『親指Pの修業時代』を読んで何より目を奪われるのは、「葬儀の日」との物語の違いにもかかわらず、その続きが書かれている、物語が結末を超えてとりうる可能性がそこに差しだされている点である。

ところで、そうした印象を探っていくと、それが二つの作品に共有される一種の同形性に支えられていることが分かる。「葬儀の日」では、葬儀で〈泣き屋〉を行う〈私〉と〈笑い屋〉を行う〈彼女〉が〈互いに互いを宿し合っている〉関係にあり、〈片割れ〉とか互いの〈あれ〉と形容される不可分の対を形成していながら、〈私と彼女はただそれだけを求めた〉という〈結合〉の〈叶わぬまま〉に〈彼女〉が死ぬのだが、この二人の女の関係は、そのまま『親指Pの修業時代』のなかの二人の女（遙子と一実）の関係に引き継がれている。それは〈遙子の一実への思い入れと一実の無垢な感受性によって成り立つ仲〉と言われる関係であり、しかも作品の冒頭から、遙子は一実を第一発見者にするかたちで自殺し、その死をめぐっては、〈死にざまを見せつけることで、あなたと強く結びつきたかったんじゃないの？〉〈結びついていましたよ、とうの昔から。〉〈もっと強く、よ。体に刻み込むような具合に。〉というやりとりが交わされている。

死を介して相手とのより強い〈結合〉ないし〈結びつき〉を求める〈彼女〉と〈遙子〉は、こうした同形性によって二つの作品の結末と冒頭を結びつけるのだが、そうであれば、『親指Ｐの修業時代』において遙子の死を受け継ぐものが、「葬儀の日」の結末を超えて物語がとりうる可能性の具体的なかたちということになる。そしてそれは、作品をまたぐ二つの死を引き継ぐ「第二の生誕」にかかわっている。

いったい、その「第二の生誕」とは何か。それは、自殺した遙子の四十九日の翌日に一実の見た〈短い夢〉のなかに出てきて、覚醒後もそのまま彼女の〈右足の親指〉に残る〈親指ペニス〉であって、以来、それまで〈毎晩のように〉見ていた遙子の夢を一実が見なくなるのであれば、このペニスは、まさに遙子の死を引き継ぐ「第二の生誕」としてあると言える。と同時に、それは「葬儀の日」の〈彼女〉を引き継ぐ「第二の生誕」でもあるだろう。

そして私は、一実の足の親指に生誕したペニスが遭遇する数々の遍歴（それが「修業時代」をかたちづくる）を読みながら、ジル・ドゥルーズのあるフレーズがあまりにこの「親指ペニス」にぴったりと寄り添うのに、新たな驚きを禁じ得なかった。主語を「親指ペニス」に代えて引用すれば、そのフレーズは次のようになる。

〈親指ペニスは性器ではなく、中性的なエネルギーをそなえ、理想、すなわち第二の生誕による自我、あるいは「性愛によらない新たな男性」の理想的な器官なのである。〉（『マゾッホとサド』蓮實重彥訳・参照）

〈よくよく見ると、あれと完全には同じじゃないのね。包皮も排泄孔もない。爪の痕跡があるし。だけど、よく似てるわねえ〉と言われる以上、それは確かに〈性器ではなく〉、とはいえ〈甘い刺激〉に対し〈元の二倍以上の長さに〉勃起するのであれば、間違いなく〈中性的なエネルギーをそなえ〉ていて、その意味で、それじたいは〈「性愛によらない新たな男性」の理想的な器官〉にほかならない。しかもそれが遙子のいわば〈第二の生誕による自我〉であることは、すでに見た通りであって、では、ドゥルーズの文においてもともとこの〈親指ペニス〉の場所にあったものは何かと言えば、「母親の男根」である。しかし、だからといって「親指ペニス」と「母親の男根」との同定が重要だというのではない。そうではなく、要は、この照応から、松浦理英子的想像力が「否認」という過程と契機を色濃く抱え込んでいることが見えてくる点だ。ドゥルーズは「母親の男根」の直前で「否認」についてこう語っている。

否認は、それ自体としての想像力の基礎をかたちづくり、現実的なるものを宙吊りにして、その宙吊りの状態のうちで理想を具現化するのである。否認することと宙吊りにすることとは想像力の本質に属し、想像力をその固有の機能と関係づけるように理想と関係づけるのである。しかるが故に、否認はこれこそマゾヒスト的と呼ぶほかはない性的素質の排除の一過程なのである。

想像力の基礎としての否認。それは現実的なるものを宙吊りにすることで、理想を具現化する。『親指Pの修業時代』の修業＝遍歴じたい、まさにそうした現実的なものを「親指ペニス」の出現（それこそ〈いや、母親にも男根は欠けていない〉と発するフェティッシュな否認にほかならない）で宙吊りにし、さまざまな性的遭遇の連続という形で理想を具現化しているのだが、転じて、「葬儀の日」において特異なのは、〈彼女〉が明らかに起源〈〈出所〉〉として見いだされているにもかかわらず、それ以前にすでに否認が遂行されていて、その意味で、物語への〈彼女〉の召喚じたい、いわば逆向きの「否認」としてあることだ。〈彼女〉は、〈望んでいた。望んでいたから、彼女と出会う以前は、数限りない愚行で欠如感覚の埋め合わせをしようとした。誰彼かまわず肖像画を描いたり、小箱を収集したり、文章を綴ったり、鏡を彩ったり、氷を解凍したりしたのだ。その種の行為にばかり執着していた。（中略）今はわかる、出所が一つだったと。〉というように待望され、〈私〉の前に出現する。〈欠如感覚〉を埋めるためのさまざまな行為とは、まさに否認の宙吊り状態の維持であり、その後に、〈彼女〉

がそれらの唯一の〈出所〉として召喚されていて、それこそ「第二の生誕」にほかならない。そしてそれが否認の出所＝起源＝出発点としてあるということは、〈彼女〉が〈ペニスがそなわっていないことを否認〉される母親であることを意味し、加えて〈私〉が〈彼女〉にとって〈川の右岸と左岸〉のような不可欠な〈片割れ〉としてあるのであれば、この〈私〉は、母親をめぐる最初の否認を構成する不可欠な要素、つまり〈いや、母親にも男根は欠けていない〉という否認の、まさに〈男根〉そのものということになる。〈私〉と〈彼女〉の関係が〈名づけるなどという小細工のしようのない圧倒的な関係〉であり、〈一種の飽和空間〉としてあり、〈不倫の匂いのする非公式の血族のような関係〉であれば、二人が同時にそこにあることじたいが「母親の男根」という否認の成立する条件そのものであり、そこに松浦理英子的想像力の生成条件もまた顕わとなる。

だからこそ、ある葬儀で、被葬者の妹に〈一人じゃ居ても立ってもいられなくて、自分というものの確信もできず、互いに頼ろうとしたわ。二人で生きながらにして合流して〉とその結合ぶりを見破られるのは、そうした否認の宙吊りが破られ、不意にそこから現実的なるものが突出する瞬間にほかならず、それこそ、否認に依拠する想像力の行使に対する作者自身の批評性の発露であって、それは〈彼女〉との出会い（否認の成立）を語りながら、この物語じたいを、〈彼女〉の死をどう生きるかという形で構築している点に顕著なのだ。〈彼女〉の死とは、だから否認の機制の解体にも向き合う作者の意志であって、それゆえ一人残された〈私〉が引き受けねばならないのは、「母親の男根」というフェティッシュな否認から母親じたいを去勢した後の男根の孤独であり、その意味で『親指Pの修業時代』の「親指ペニス」は、この〈私〉の「第二の生誕」と言うことができる。

（文芸評論家・早稲田大学教授）

# 「乾く夏」に潜在する〈演戯〉の渇き――小澤次郎

松浦理英子の小説「乾く夏」は、「文学界」（講談社、79・10）に発表され芥川賞候補となる。作者二十一歳の出来事だった。その後、『葬儀の日』（文芸春秋、80・8・15）に収録、刊行された。これを底本として、植島啓司の解説を加え、河出文庫『葬儀の日　初期作品Ⅰ』（河出書房新社、93・1・7）が流布する。拙稿の引用・頁数もこの文庫本に拠る。

＊

この小説に対する主要な論考は、つぎの二つである。ひとつは、吉田文憲「松浦理英子論―擬態としてのナルシスス」（季刊「文芸」文芸特別号、河出書房新社、86・12）であり、いまひとつは、与那覇恵子「作家ガイド　松浦理英子」（『女性作家シリーズ21　山田詠美／増田みず子／松浦理英子／笙野頼子』角川書店、99・7）である。

吉田は、松浦文学の特徴を〈擬態としての受難劇〉とみて解明を試みた。松浦の作品に、自己愛と自己嫌悪の混交した〈対なる存在〉が頻繁に登場することに注目して、「葬儀の日」の泣き屋と笑い屋、「乾く夏」の牧村幾子と甲津彩子、「セバスチャン」の浅淵麻希子と佐久間背理など、これらの〈対なる存在〉に閉ざされた〈ごっこ〉の世界に棲息し、それが突如、反転して不気味な裂け目を垣間見させることでリアリティーを確保する、と考察を展開した。

一方、与那覇は、「葬式の日」の文学界新人賞の選評を検討して、松浦文学の特徴といわれる〈二項対立〉とは単純な対立などでなく、ドゥルーズの提唱する〈差異〉に近いという問題を提起した。松浦の小説は二項的概念をもちいながらも、その対立をつき崩すという方法によって二項的概念を揺るがす〈名づけようもないもの〉を模索するとみる。こうした方法論は『親指Pの修業時代』などへ連綿とつづき、多様な〈性〉の可能性をラディカルに求めた文学的営為であるという考察を示した。

＊

小説「乾く夏」を読み解いてみよう。松浦理英子は、巧妙に作品を組み立てている。「乾く夏」の基盤には、二連星のように惑星が互いに力を及ぼし合うことで運行するダイナミズムがうかがえる。たとえば、幾子と彩子が夏の深夜に外に出て拾った緑色のゴム毬をめぐる場面をみてみよう。

しばらく沈黙が続き、毬だけが二人の間を往復した。そうしているうちに幾子は、非常にいい状態にあることに気づき、さらに気をよくした。彩子となら一晩中キャッチボールをしていられる。疲労とか痴話とか面倒事は、今すべて自分たちからは切り離されていると感じられた。（83頁）

こうした官能的ともいえる至福の〈共生〉幻想が提示される。しかし、この幻想はその後すぐに、

だから彩子が毬を投げるのをやめた時にははっとした。残念でさえあった。いつも彩子の方が先に醒める。彩子はまた毬を手で弄び始めた。（同頁）

とあるように、微妙な同調と反発のモチーフとして小説中にくりかえし変奏されることで、二連星のダイナミズムが機能するのである。こうした状況を幾子自身も十分に認識している。それは幾子がキャッチボールの後で、眠気のあまりかがみこむ自分の姿を〈知らず知らずのうちに彩子の姿勢を模していた〉（86頁）とあることからも

うかがえるだろう。そしてさらに幾子は、彩子が幾子に向けてナイフを突き出した過去を想起して、

今から思うと、あの時ほど誰かとの関係が真剣で緊密だった瞬間は他になかった。彩子にしても同じだったのだろう。二人がやたらに物を投げつけ合ったり突き飛ばし合ったりするのは、互いが暗黙のうちにあの瞬間を再現しようとしているのかも知れなかった。（88頁）

と、キャッチボールの反復行動に潜在する〈意味〉が重ねられていく。お互いがそのことを意識しながら、それを再現するかのような代替行為に耽ることは、ふたりの〈共生〉幻想に基づく〈演戯〉とみてよいだろう。

しかし、こうした幾子と彩子の〈共生〉幻想は、かつて彩子のボーイフレンドで、いまは幾子のボーイフレンドとなりつつある悠志をめぐって、変質していくことになる。たとえば、幾子が調理しながら悠志に、自分を信じているから料理をまかせ、庖丁をもたせていることをたずねる場面で、

言った後、本当にちょっと悠志に庖丁を向けてみたくなった。振り返りざま刃を持った手を前に突き出す。すると、庖丁の先についていた玉葱の一片がぽろりと下に落ちた。（102頁）

この玉葱のおちるという巧妙な描写によって、幾子は彩子をまねようと努めながらも、そのことでかえって幾子は彩子との距離を意識せざるをえなくなるディレンマが示される。

そしてこの幾子のディレンマは、彩子が悠志を引き合わせたことに対して、〈あれは幾子に自分の代わりをやらせよう〉（132頁）としたためではないかと猜疑させ、さらには〈何故彩子自身が悠志を愛そうとしないのだろうか?〉（同頁）という疑問をいだかせる。

ところが、この小説が凡庸な恋愛小説に陥らないのは幾子と彩子の二連星のダイナミズムの機能に起因する。幾子と悠志の情事を知った彩子は錯乱のあげく、幾子のアパートのまえで自分の手首を切ったうえで失踪する。

あとを追いながら、幾子は〈血を流しているのが自分であるような錯覚に囚われた。すぐに理性でその錯覚を打ち消す。幾子は幾子だった〉（151頁）という認識へ至る。しかし、この認識も決して到着点にならない。このすぐ後で幾子は、〈だから死んでいて、と心の中で彩子に向けて言う。あなたが死んでくれれば私は自分の場所についての確証を得て生き続けることができる。次にぞっとしてその考えを否定する〉（同頁）と考える。この彩子の消滅と同時にその生存も願うというアンビヴァレンツこそ、幾子と彩子の二連星のダイナミズムにほかなるまい。言いかえれば、役柄になりきって行動する自我と同時に、その役柄を対象化して操作する自我が存在する〈演戯〉の世界なのである。しかも、この〈演戯〉の世界は時にひび割れ、その矛盾を露呈する。そうしたことは幾子も彩子もじつは理解している。だから、このヒビ割れは〈演戯〉の世界の外界からでなく、〈演戯〉の世界の中にいるものからもたらされる。そしてこの〈演戯〉の世界を壊しても、つぎの〈演戯〉の世界が待つだけで逃れることは不可能である。その意味で、この小説は二項対立に基づく弁証法とは異なるパラダイムで考える必要がある。作品のおわり近くで、彩子は、探しあぐねた幾子のまえに、手に包帯をして現われる。

> 彩子は自分が好きな余りに自分を持て余しているのだった。持て余された部分の向かう先は決まっていた。何とか自分を変え自分を好きでなくなろうとしている彩子は、自分以外の誰かにより関心を持ちたがっていた。誰かをより好きになりたがっていた。最終的な願望が心中なのである。（121頁）

こうした幾子と彩子の相互に反発しつつ〈共生〉する幻想の中で危うく均衡を保つ二連星のダイナミズムにおいて、〈演戯〉の世界を意識的に演じてその虚構性の〈毒〉を認識しながら、更なる〈演戯〉の世界を重層的に構築する〈演戯〉への渇きに、人間関係をみつめる松浦理英子の文学の本質がみえる。

（北海道医療大学助教授）

# 「乾く夏」試論――〝脱―性器的〟な「他者」への通路と文学――

宮崎靖士

たとえば、この作品の冒頭と結尾に登場するある老人をめぐるエピソードに着目することから、はじめてみよう。この人物は、深夜の散歩中に幾子が見かけた、立ち小便をしながら町中を徘徊する老人であり、ただし〈余りにも他人の反応に無関心〉な故に〈露出狂その他の性倒錯者ではない〉と語られる。この老人を話題とした、幾子と彩子の次のような会話がある。

（幾子）「それより、あの器官が、すでに性器でも生殖器でもなく、純粋に排泄器であるというのは、生々しいと思わない？」／（彩子）「男性の場合はね。女性は性器と排泄器が分離しているから、初めから生々しいんでしょうね。」幾子が相槌を打ちそうにないのを素早く見て取り、彩子は言葉を継いだ。

問題は、ここで二人に共有されている〝生々しさ〟の内実である。幾子の言葉に従えば、露出された老人の性器が、まさに性器の露出ゆえに〈生々しい〉というのでは決してなく、性器としての機能を（老人であるが故に）棚上げにしたところでしかし残る（＝改めて前景化する）〝物質性〟こそが〈生々しい〉とされていることがわかる。そのような〝物質性〟を、この試論《エッセイ》では、既成の概念や事物に関する名称（例えば「性器」という名称と機能の一致＝

結託）が、具体的な出来事を通じて見直しを迫られるときに改めて浮上する、事物がある〝習慣〟のもとで何らかの名を与えられる以前のありようを示唆する契機として、〝脱―性器的〟な性格と名づけておきたい。

そのように〝脱―性器的〟な問題系をこの作品に喚起する幾子は、しばしばこの作品の語りにおいて焦点化され、その内面を多く地の語りと融合した形で記される中心人物なのだが、彼女は、この作品において〈難開〉のように名指される女性器の症状（医学用語では〈性交困難〉や〈性機能不全〉と呼ばれ、いくつかの原因と類型が指摘されている）[1]に悩んでいる。そのような幾子の立場から物語内容を要約するとき、そこに浮上するのが、男との〈情交〉の失敗の度に痛切に彼女に再認されることとなる問題の症状を、それとして引き受け、病院での治療に入る旨を彩子に宣言するに至るという変化＝成長なのである。つまりそれは、望まずして〝脱―性器的〟な事態（＝性器でありながら性器としての機能を発揮できないこと）を体現していることの自覚から、それに対する然るべき対処を選択し、男との性交を可能にすることを幾子が選び取るというプロットである。

そこで注目されるのが、そのような回心に至った幾子が〈何十日ぶりか〉に目撃する、老人の放尿に対する評価である。作品冒頭では、町への〈凌辱〉や〈愚弄〉の如くに語られていた件の老人とその行為は、作品結尾において〈尿が丁寧に舗道を舐めていた〉、〈町を愚弄しようという悪意よりも〉〈愛情の方が強く感じられた〉と評されるに至る。そのような価値評価の変化は、右に述べた幾子の変化と照応している、あるいはそのような彼女の〝成長〟を端的に照らし出す機能を発揮しているといえよう。つまりそれは、〝脱―性器的〟なものを了解し、肯定的に評価するに至る、幾子における認識レベルの更新であり、そこにおいて彩子を含むこの三者は、過ぎ去りし夏の〈百鬼夜行〉のメンバーたちとして、ともに作中に刻み込まれるのである。

そのようにして、夏休み期間における幾子の成長物語、あるいは（この期間中に〈二十歳〉を迎えるという点からも）

成人通過儀礼的なプロットをこの作品から確認することが出来るのだが、右に検討した作品結尾における老人への評価は、実は彩子にも分有されていると理解できるものであり、件のプロットは、もう一方の主要人物である彩子の動向からも別の形で見出すことができる。

この彩子と幾子は、かつて奥野健男氏によって〈自己形成期の裏と表の二つの分裂した自己〉のモチーフとして評されたように[2]、〈真剣で緊密〉な関係——かつて二人で演じた無理心中の如き出来事を反芻するために、何かと物を投げ合ったり放火未遂までを起こす——にある。そこで、以上のような二人の関係を、自他の交渉が、自他の境界の曖昧化へと向かうような〝二人称的〟な関係と名付けたい。そこでは、即自的な発話やふるまいが、すぐに対他的なそれらとして機能するような、即ち、ある発話やふるまいが効力（＝意味）をもつために必要な、それらが参照される〝習慣〟を自他が既に／常に共有しているという事態が見出され、そこでは〈彩子の感情エネルギーを膨大に受ける者は、必ず振り回され〉そのことが〈快くもある〉という状況が用意されるのである。それはまた、即自＝対他的な所作が対自的な自己内対話として帰結する関係とも換言できる。

しかし二人の関係は、単なる相互補完的なものには止まらず、実際互いが互いとの関係で自足しているわけでもない。それは即ち、この二人に悠志を加えた相互代行・模倣的な三角関係においても、その更に外へ向けた関係性が指向されているということである。そこで、そのようなもうひとつの関係性をさす領域として、自他がそれぞれ依拠する〝習慣〟の異質性を前提としつつ、異質なものどうしの交渉が相互の変容の契機をもたらすという点で右に述べた〝二人称的〟な関係とは異なる、〝三人称的〟な関係性を、更にこの試論《エッセイ》の中に設定する必要が生じる。そしてそのような関係性における交渉の相手こそが「他者」とよぶべきものとなろう。

果たして幾子には、そのような〝三人称的〟な関係への通路が、〈手術を受け男たちを迎え入れながら生きて行く〉という方向において、前に論じた成長物語的なプロットの中で与えられているといえるのだが、彩子の場合にはどうなのか。

そこで注目されるのが、彩子が作品終盤で、幾子が悠志のアパートに外泊した旨を知ることで動揺し、そこから作品中盤で〈あと一回だけやってやめる〉と語っていた自傷行為を行った後に、幾子に語る次のような台詞である。

「今朝取り乱したのにはいろいろ理由があってね。まあそのひとつは、あなたを黒いマネキン人形として、勝手に偶像化していたということでね。大したことじゃないのよ。何も気にしないで。」

この〈黒いマネキン〉とは、以前に彩子が幾子へ〈つるつるした肌色のファッション・モデル然としたマネキンは大嫌いで、何も着けていない首や手足さえない胴体だけの黒い布貼のマネキンが好き〉〈即物的なようでいてあんなにセクシイな物は他にない〉と語っていたとされるものであり、これも、〈マネキン〉という名を与えられながらも、その名称にふさわしいであろう、習慣的な体裁や機能から逸脱しているという点で〈生々しい〉〝脱―性器的〟な存在に連なるモチーフとして理解できる。そして彩子が、そのような〈黒いマネキン〉を幾子の偶像とする過程で、幾子の〈性交困難〉が大きく加担していたことは明らかかと思われる。

しかし、そのような偶像化＝彩子の独善的な意味づけは右の如く瓦解を迎える。それは即ち、幾子をそのように評価してきた、彩子のこれまでの習慣から逸脱してしまう「他者」なるものの発見だといえ、その発見は、彩子に〝三人称的〟な「他者」への通路を改めて明確に模索するように促す契機をなすであろう。そしてその模索は、彩子の場合、次のような二つの方向をとるようである。

その一つは、悠志を含んだ〈三位一体〉とまで評される代行・模倣的な三角関係の外にいて、彩子を深く知らなくとも〈抱ける〉という江守との関係の継続に求められる。なぜなら、〈袋小路に嵌る〉と語られる悠志とは異なり、〈慢性発情糜爛症青年〉とされる江守は、彩子が一緒に〈心中〉したいとは言い出さないであろう、異質であり〝習慣〟を共有しない＝〝三人称的〟な「他者」といえるからである。とすると、幾子と彩子のそれぞれの〝成長〟には、そのメルクマールとして〝脱―性器的〟なものを自らの認識と行動に関わる問題として了解する、という段階が共有されていることがわかる。そしてそのような了解は、自らの外にある対象に関しても、ある事物がそのように名付けられる以前の姿を、既成の概念や意味づけの背後に見出す視線として機能していくことになるだろう。そのような認識の地平において、幾子と彩子の関係は新たに継続されていくのだと思われ、その点だけを指しても、この作品における〝成長〟が、単なる異性愛体制への帰順などではない、自他の双方に対する「他者」性を担保した複層的な関係の獲得であることが明らかである。

そしてもう一つの通路とは、自らが〝脱―性器的〟なるものを表象として生み出していくこと、即ち作品冒頭で一度だけその名が登場する、『健かなる発情のために』という表題をもつ彩子における書きかけの詩作＝文学である。そこにおいて彼女の〝成長〟は、〈夏は今日で永遠に終わるように思えた〉と結尾で語られるような時点から、「乾く夏」の物語内容をふまえたものとして、〝脱―性器〟性の表象を手段としつつ、自他の間で共有されているかのような〝習慣〟が見直しを迫られる＝「他者」への通路が垣間見られる瞬間を、現出、維持し続けようとするエクリチュールとして綴られていくことになるのだろう。


（日本学術振興会特別研究員）

注1　『最新　医学大辞典（第二版）』（後藤稠編、96・3、医歯薬出版株式会社）や、『現代性科学・性教育事典』（同著編纂委員会編、95・9、小学館）等を参照した。

2　『奥野健男　文芸時評　【上巻】』（奥野健男著、93・11、河出書房新社）より。初出は、「文芸時評」（「産経新聞」夕刊、79・9・25）。

なお、「乾く夏」からの引用に際しては、初出テキスト（「文学界」79・10）を用いた。

# 逆ダイエットの効用――「肥満体恐怖症」――近藤周吾

「肥満体恐怖症」は痩身の女性が肥満の女性たちに虐《いじ》められる物語である。実際、F大女子寮の一年生志吹唯子は同室の肥満上級生――水木、岡井、梶本――に虐められている。煙草を買いに行かされ閉め出しを食うとか、勝っていたポーカーを不戦敗にされ片づけをさせられるとか、虐める側からすればたわいもないが、虐められる側にすれば苦痛を伴う虐めが描かれており（そもそも三名は煙草を吸い、非喫煙者の唯子には嫌煙権すらない）、しかもそれを被害者＝唯子の内声に即して語ることで読者は唯子に同情的にならざるをえず、この一篇の主題は虐め以外にない。ところが世に瀰漫するこうした「悪」を暴く地点から微妙に逸れていく点にこそこの一篇の読みどころがある。読者がもし華奢で可哀想な唯子像を思い浮べたとしたら、それは一体どこからきたのか。肥満体を生理的に嫌悪する唯子に即した語りが前提するのは、肥満＝醜悪といった社会的にも通底している偏見である。ここで読者はハッとさせられる。「肥満体恐怖症」には、そんな気づきの契機がさりげなく幾重にも仕掛けられている。一例として、唯子が閉め出しを食い元同室の永原の部屋を訪れた時の会話を挙げよう。上級生に歯向い退寮した永原は唯子に同情的だ。しかし、永原と唯子の見方には決定的な差異があり興味深い。今や喫煙者となり肥満気味の永原は、唯子を次のように評する。最初は要領悪い愚鈍な子、次に人のために何かをするのが好きなタイプ、その次には並外れて寛大な精神の持ち主かとも考えた。〈今は奴隷の役をすることに歓びを見出すマゾヒストだと思ってる。〉自画像とは隔たった永原の解釈を唯子は笑うが、他人の目にどう映っているかということはしばしば本人の自意識以上に決定的な意味を持つ。本人が何を考えようとも可視化されなければ意味を持たないからだ。この場合は本人の無意識の嗜好が読みとられ、しかもマゾと結びつけられてもいるから厄介である。唯子が自発的に虐められているということになれば周囲の悪意は好意に反転する。本人が被虐さることを希望し周囲がそれに協力するのであればそこに悪意はない。勿論これは一般的にいって虐めを正当化する加虐者側の論理である。〈反旗を翻しもしないし、亡命もしない〉からといって、直ちにマゾであるというのは乱暴極まる。弱者には強者の反抗とはまた別の様式があるものだ。しかし、それが永原には解らない。後に唯子がささやかな反抗を開始した時も、永原には全く理解できなかった。つまり永原は積極的反抗者であり、唯子は消極的反抗者なのである。そして「肥満体恐怖症」では、唯子の消極的反抗の方に焦点が当てられる。だが、外からの解釈と唯子の自意識との齟齬自体は、それによっては解消されない。消極的反抗は可視的な効力を発揮しない分、結果としてSM構造を強化してしまうからだ。「肥満体恐怖症」は唯子個人というより実は結果としてのSM構造という状況自体を広く捉えていると解するほうが適当だ。はたして物語は被虐者の苦悩の物語として終らず、その苦悩の相対化へと向う。如上は無論、肥満とは無関係だ。相手の体型がどうであれそれは虐めであり、現に肥満だから不快との考えは永原により斥けられている。だからこれは唯子が肥満体に囚われているというにすぎない。しかも肥満体を肥満体と一括するだけの唯子に対し、永原は肥満の間に差異を認めてもいるのだ。永原は室長の水木を評していう。「彼女だけは面白いと思ってたのよ、私。岡井さんなんてつまらない女だけど、あんなのとはスケールが違うでしょう？　喧嘩のしがいがあったわ。」水木を好きでないと言いつつ楽しそうに水木との諍いについて話す永原に触発され、唯子の見方も徐々に変容する。〈好き嫌いを越えた名づけようのない感慨〉を思い出したからだ。それは入浴時の経験で、この場面の描写はこの一篇の中でも力が入っている。〈やがて緩慢な動作で次次にポーズをつくり始めた。一つの姿勢をとると全身を震わせてそれを崩し、二秒ほど空間をまさぐるようにして新しい姿勢を探し出す。静止している時も全身が一つの意志の統御を受け眼に見えない速さで蠕動しているようである。そのポーズのつくり方はモデルのそれでもなければ、俳優や舞踏家のものでもなかった。自身の体の特質を隅々に至るまで心得尽くした上で、体を捻ったり折ったり伸ばしたりして肉によるフォルムの組み立てを行なう。痩せた体では行えない芸当だった。たるみや贅肉の襞をも巧みに利用するのだから。〉瞬間的な何かを微分的に捉える手つきが実に鮮やかである。それは主人公の偏見のみによっては表現し尽くせぬ何かであり、それを書き手は能うかぎり言語化しようと努めている。そのことで、精読者は唯子を特権化する求心的な読みから、唯子を相対化する遠心的な読みへと転回を迫られることになる。野崎という世渡り上手な一年寮生は、ある意味で永原とは対照的な道化的存在だが（唯子の反抗は結果的に全て野崎に唆された格好になっている）、彼女は閉め出しの計画が寮生周知であったと唯子に告げるに際し、こういう。「あなたは平気かと思ってたわ。不感症ではないにしても、馬鹿にされることへの抵抗力は充分あるんでしょう？　水木さんから聞いたのよ、志吹さんは何を言われても、いじけるどころか快楽として受け止めるから大丈夫だって。」ここからも分るように、唯子の自画像は絶えず相対化される宿命にある。その後、唯子自身の主観が回想の形でせり出す。母親が肥満のため授業参観に来られるのが嫌で、それを母に告げると学校に来なくなり、程なく乳癌で他界した、と。いわばトラウマである。これが語られることで唯子の肥満体恐怖症が皮相なものではなく、見かけ以上に根深いものであると解る。そこで読者は再び唯子に同情的にならざるをえない。また一篇の主題が虐めとトラウマの同時克服でもあるという二重性が明らかになる。もう一つ、起承転結の転に当たる部分があるとすれば、それは唯子がバイト先で見た万引きになぜか触発され（この物語間のシンクロは巧い！）、上級生の持ち物を盗むようになるという現在時の進行であろう。〈もし盗みが発覚しても笑ってやればいいのだ。立派に上級生たちへの侮辱となる。あるいは、一年時の講義が終了し晴れてここを出られるという日に、引き出しいっぱいの盗品を三人の前にぶちまけてもいい。（略）幼稚な行為ではあるが、敵はこっちの人格を認めてはいないのだからかまわないのだ。〉こうした唯子の反抗に対し、またも永原は相対化する。〈復讐というのは捨て身でやるものだと思ってた。〉〈まるで強大なライオンにじゃれつく仔犬じゃない。〉無論、唯子の主観としてはあくまで加虐者への意趣返しである。だが、それも結局、唯子の自己満足でしかなかった。結末で水木が盗みを知っていたと明かされるからである。水木は実によく見透かしていた。〈あなたは自分のために私たちを憎み、自分のために私たちから盗んだんだわ。一人芝居をやっていたのよ。〉唯子に即した語りは、一方では唯子が被虐者であるという意味で正義性を帯びる。だが他方では唯子が肥満に対する偏見の持ち主であるという意味でバイアスのかかった語りともなる。「肥満体恐怖症」が難しいのはこのためだ。このような語りでは単純に正義／悪といった二項対立が持込めないし、唯子の位置を正確に測れない。特に後者に関しては周到な物語戦略が張り巡らされていて、徐々に唯子の自画像と他者から眼差された唯子像との間に決定的な隔差があるらしいということに気づかされる。唯子には寧ろ嗜虐性があるのかもしれず、加虐者と被虐者が結託し倒錯した関係にあるのかもしれぬと暗示されていく。肥満の女性集団における差異にまで観察が行き届いているのであれば、この二律背反的な語りこそが、実はここに逢着するための迂回戦略《フェイク》であったと判明する。それは無論、我々がいかに相互に偏見に囚われていたかとの反省を促す優れた戯画に他ならず、虐めとダイエット流行の時代を見越して提出されたその慧眼に改めて感心するばかりである。

（北海道大学大学院生・藤女子大学非常勤講師）

# 「肥満体恐怖症」――〈母〉の変形――仁平政人

〈「肥満児を英語でどういうか知ってる?」〉「肥満体恐怖症」に先立つ「乾く夏」で、〈肥満〉という問題は既に彩子の科白の中でこのように取り上げられている。〈「単にファット・チャイルドと言うだけじゃ駄目なの。上にアブノーマルを付けなければいけないのよ。アブノーマル・ファット・チャイルドとね。」〉(「乾く夏」)

この箇所で彩子は、自分たちの三者関係を〈アブノーマル〉と見なす友人の視線に対し、〈肥満児〉を例に挙げて〈アブノーマル〉という社会的な規定自体のナンセンスさを投げ返していると見られるだろう。それに対して、続く「肥満体恐怖症」では、むしろこのような社会的な視線を深く受け入れることを通じて、それ自体が〈異常〉化をした思考の様態が舞台に乗せられていると言うことができる。

「肥満体恐怖症」は、主人公志吹唯子がルームメイトである三人の上級生たちからこき使われ、それに対して唯子が上級生達の持ち物を盗むという〈復讐〉を行うというように、一見したところ女子寮の部屋を主な舞台とした「いじめ」の劇に見えるような枠組みを持っている。しかしこの小説をそのような枠組みに収めず、むしろ全く反転させてしまうのが、この三人のルームメイトが巨体を誇る〈太った女〉達であり、それに対して唯子が〈肥満体〉に対して〈病的〉な嫌悪感を抱いているという、この作品の独特な設定である。こうした唯子の意識は、〈アイヒマン〉を〈アイ肥満〉と置き換えるなどといった言葉遊び的な思考とあわせて、この作品にしばしばきわどいユーモアを孕む独特の色調を与えていると言っていい。しかしさらに重要なのは、結末近くで上級生たちのリーダーである水木が、〈文句も言わずにこき使われることによって、嫌悪を増幅させようとし〉た、〈あなたは自分のために私たちを憎み、自分のために私たちから盗んだんだわ〉と述べているように、そもそも被虐と〈復讐〉というこの物語の中心となる要素自体が、その〈肥満体恐怖〉を原因として、唯子自身により〈一人芝居〉的に動かされていた側面があるということである。

ここで簡単にまとめれば、唯子の〈肥満体恐怖症〉は、子どもの頃の〈ひどく太った女であった〉母との関係に起因している。まず小学校の授業参観のエピソードに示されるように、唯子は母に対する周囲の奇異のまなざしを媒介として、それまで〈自分の体の一部〉のように捉えていた〈母親の全身〉を初めて意識し、〈惨め〉さと〈嫌悪〉を覚えていく。こうした唯子の意識は同時に、母と触れ合うことを避け、自身と母の身体とのつながり自体を排除しようとする意識にも繋がっていくことになる。唯子が〈肥満体〉に対しておぼえるという〈まるで自分が太っているかのよう〉な〈惑いとか恥〉の感覚が、こうした子ども時代の体験と対応していることは明確だろう。しかしもう一つ重要なのは、唯子が母親に対して決定的な〈失言〉（〈「恥ずかしいんだもの」〉）を行なってしまい、その一年後に母が亡くなったことで、〈母の肥満を許さなかった〉ことに対して強い罪悪感を抱くことになったということである。こうした二つの要素からなる〈肥満体恐怖症〉が、唯子と上級生たちの関係のありように深く影響していることは言うまでもない。水木も言うように、いじめられまたそれに〈復讐〉するという唯子のあり方は、〈肥満体〉への嫌悪を上級生たち自体への〈憎しみ〉へと転換し、合理化しようとする性格を持っている。ただしそれは決して〈肥満体〉を単純に拒むことではなく、むしろごくねじれた形ではあれ、関係を取り結ぼうとする行為でもあるはずだ。〈上級生たちの贅肉〉を奪うはずの〈復讐〉の行為が、〈母親の失われた乳房〉を〈集め〉る行為としての意味を持ってしまう理由は、こうした点から理解できるだろう。

さて、結末で水木は、唯子の行為が〈一人芝居〉であったことを暴くと共に、その肉で包むように唯子に〈覆い被さ〉る。唯子は加えられるその〈力〉に身を委ね、次のように思う――〈私はこうやって肉を呑み込んでは肥大して行くだろう。(中略)私は私でなくなってしまう。私は肥満体を愛するようになるだろう。それこそが私のずっと望んでいたことなのだ。母親を死なせてからずっと。〉この作品に対しては、〈肥満〉を妊娠した女性のメタファーと見なし、「産む性」である女性身体への嫌悪を見出すような見解がしばしば見られる(仮にこのような見方をとるならば、〈母子癒着〉とも見なされるこの作品の結末部は、「女性性」の受け入れということにもなるだろうか)。確かに、〈「女はいつか太らなくてはどうにもならないでしょう」〉という梶本の科白などを踏まえても、こうした見方には一定の説得力があるようにも思える。しかし女性を「産む性」として強固に意味付けるこのような視点は、〈性を生殖との関係でのみ理解するような思考と結びついているという点で〉松浦的な問題系に反しているように見えるというだけでなく、そもそも作品自体が持つ豊かさを削ぎ落としかねないのではないだろうか。例えば、結末の場面での、〈口がこじあけられ熱い肉をくわえさせられ〉るという体験〈〈妄想〉?〉が、直前に示される唯子の〈母の乳房〉を失ったことへの意識とちょうど対応していることは確かだ。しかし重要なのは、この体験があくまで水木に全身を圧迫される中で〈体中の孔という孔から自分のものではない肉が攻め入ってくるという妄想〉を抱く延長上での、太った水木の〈肉をくわえ〉るという形のものだということである。ここに見られるのは、決して単に乳房‐口唇といった局所的な関係に留まることのない、〈肥満〉という形象と結びついた全身的で奇妙な〈愛〉の体験に他ならない。そしてその結果として導かれていく唯子の〈肥満体〉への〈愛〉もまた、唯子にとって問題となる〈肥満体〉は〈女〉だけだったことからしても、少なくとも生殖を規範とする異性愛主義（そしてそれを前提とした「女性性＝母性」という物語）とは全く異なる方向へと向かっていることは明らかだろう。言い換えれば、〈肥満〉という要素は作品を「女性性」の拒絶／受容という物語へと接近させながら、同時に決定的な形でそれを裏切り、変形させていくと考えられるのだ。

ところで、〈太った女〉の首領たる水木が、作中で唯子の〈一人芝居〉に収まることのない姿を、結末以外でも度々示していたということは注目に値するだろう。ここで特に取り上げたいのは、この作品中でもとりわけ強烈なインパクトを持っている、浴室での水木の〈ボディ・ビルディング〉の場面だ。女子寮の風呂で唯子が三人のルームメイトと一緒になった折に、水木はいきなり湯の溢れ出る〈滝壺によじ登り〉、その肉体を駆使して〈次々とポーズをつくり始め〉る——〈捻られた胴体に刻まれた深い線が体のひと振りで払われ、飛び出した骨とすり替わる、さっき瘤のように腰骨の上に盛り上がった贅肉は、次のポーズを取った時には平たく消えうせ本来の体の曲線になじんでいる。（中略）水木は随所の肉を自由自在に操って、大蛸になり海蛇になり鯨になり亀になった。〉水木の豊かな肉体に関するこの詳細な描写は、後に松浦が示す女子プロレスに対する偏愛を思い起こさせるものであるが、ともあれこの水木の行為は、〈常に感じる嫌悪をこのときばかりは感じる暇すらな〉く〈一刻も眼を離せなかった〉というように、唯子の〈肥満体嫌悪〉の意識を突き抜けてしまうような性格を示していることは明瞭だろう。言い換えれば、この場面は唯子の〈肥満体恐怖症〉の物語に回収されることのない強度を、あるいは小説の構造的な〈「対話性」〉（「作品をいじるより、作品にいじられるために」『彼女たちは小説を書く』メタローグ、01・3所収）を示していると言っていい。そしてこのような点にこそ、私たちは一見異色作にも見えうるこの作品における松浦的な方法性を、そして小説としての〈誘惑〉性（『優しい去勢のために』端書き）を鮮やかに認めうると考えられるのである。

（東北大学大学院生）

# 『セバスチャン』——絵画のなかの幼態成熟《ネオテニー》——石月麻由子

麻希子と背理を繋ぐ《痛み》の感覚をきわめて象徴的に描いているのは、作品冒頭のプッシュ式電話ボックスの場面である。ダイヤル式電話が〈未練がましく尾を引いて感傷を増幅させる〉のとは異なり、プッシュ式電話は〈空々しくも冷淡〉な音で、〈個人的な感情など有無を言わさず切断〉してしまう。麻希子はまるでその〈音〉を確認するかのように、〈わざわざ商店街にある公衆電話〉にまで足を運ぶ。電話ボックスという密室での〈切断〉を前提にした一瞬の繋がりには、《痛み》という甘美な感覚を共有する二人の関係が凝縮されているだけでなく、性愛という濃密な交わりを通して《痛み》を描いてきた松浦文学の根幹が提示されている。その意味で、松浦が「文学とセクシュアリティー」（「早稲田文学」94・3）で、〈性を描いているにもかかわらず、どうも性というよりもべつのものを描いているんじゃないかとか、べつのものを描いているつもりなんだけれど、これはやっぱり性のことなんじゃないかと感じる〉と述べているのは見逃せない。松浦の言葉の核心には、〈性〉を描くと同時に惹起される〈べつのもの〉への志向が認められる。誤解を怖れずに言えば、〈性〉と不可分の〈べつのもの〉とは、決定的な《差異》を持ちながら、人間同士がいかに繋がり得るか（得ないか）という根源的な関係性の謂いではなかったか。その葛藤の痕跡は、麻希子と背理のSM的《擬態》の中に、〈切断〉を前提とした呼応の中に、〈育ちぞこない〉や〈跛〉という畸形性の中に、あるいは一つの性に固定されることへの嫌悪の中に、

《痛み》として底流している。

　大学中退後、イラストで生計をたてている麻希子は、背理と出逢うまで〈まわりの人間たちは向かい合うべき対象ではなく一方的にこちらに加わって来る漠とした力としか感じられ〉ず、二十一歳になった現在でも〈うっかり緊張を緩めると誰も彼もが影のように無個性に見えてしまう〉ことがある。その他者意識の一端は〈おぼろな影〉のような彼女のイラストに表出している。他者の存在や距離感が曖昧になった時でも、背理だけはその眼に〈鮮明な像を結〉び、〈確かな一人の人間のそばにいる自分〉や、〈個々の他人というものがあること〉を麻希子に信じさせる唯一の存在なのであった。それは同時に麻希子が背理という〈確かな一人の人間〉を強烈に感じることなしに、自分を含めた〈個々の他人〉の存在をうまく認識できないということでもある。ならば、背理と出逢った年に描いた〈どこかしら少しずつ異常な部分〉を持った人物画の中央に位置し、〈最も丁寧に〉描き込まれた〈鮮明な〉人物、およびそのそばで膝折るおぼろげな人物は、背理という《主人＝世界》と彼女にすがる麻希子とに置換可能と言える。ここで再度、プッシュ式公衆電話の〈音〉を想起するならば、それは背理との接続／切断を通して、自己および他者がそれぞれ個別に生きているということを麻希子につきつける啓示のようなものであったはずだ。

　ところで、麻希子は背理以外の周囲に対する稀薄感を、表現のうえで〈視力〉の弱さという身体的欠陥に起因させている。河出文庫版巻末に付された富岡幸一郎との対談「〈畸形〉からのまなざし」(92)で松浦が述べているように、この作品には、男／女が肉体的、精神的、社会的に成熟・分化する過程で、《そのようなもの》と定位されてしまうことを拒むあり方として、何らかの畸形性（〈幼態成熟《ネオテニー》〉）を有した人物が登場する。〈私にとっては男も女もない〉と公言して憚らない麻希子は、〈現実的な昂奮や肉体的刺激〉より、自身が《モノ》として扱われるような〈薄っぺらでまやかし臭い陶酔〉を選び、〈私の体のある部分を指して生殖器だと言う人にならい、誰であろうとその生殖器とやらを自由にさせてあげるわよ。ただしそれは私には関係のないこと〉だと言う。また、そのような麻希子のセクシュアリティを〈育ちぞこない〉と断じる友人の律子も、アヒルが猫に襲われた時には、既に〈でき上がっ〉た叔母から〈発育不全〉と笑われるのだった。それらは、麻希子が〈向上心から解放され〉ていない大学のクラスメイトを〈俗人〉と嘲ることと相同的である。というのも、〈向上心〉とは社会の規定する価値観に自らをすり合わせ、そこで要請される有用な人間となるべく、自己を成長させようとする志向にほかならないからだ。したがって、〈世界にこぼれ落ちた無防備で無装飾の一個の肉体〉であろうとする麻希子は進んで自己定位しようとせず、背理の元恋人の稲垣の視線が〈麻希子自身の意志にかかわりなく〉彼女を〈女に仕立て上げ〉ようとした時、自分が〈女〉であり相手が〈男〉であるという〈切迫した〉事実を知ることになる。そして、女が女として当たり前に月経を迎え、男を受け入れ、子供を孕むという延々と継続されてきた身体的・社会的営為に抗うかのように、海の〈悠久の運動〉に対抗し得る〈唯一の手段〉は、成熟拒否の究極的形態としての〈夭逝〉ではないかと麻希子は自問するのだ。あらゆる選択や決定から自由でいられる場所を希求する麻希子の感受性は、自らのセクシュアリティですら実は誰かの視線によって、いつの間にか内面化させられているのかもしれないという懐疑を我々に投げかける。そして、〈視力の弱い〉麻希子の〈生理そのまま〉に、〈クリアーになることを拒んで打ち震えている〉ようなイラストは、彼女の志向する世界そのものなのだ。

〈跛〉という聖痕を刻まれた少年・工也もまた麻希子の人物画の中の畸形的群像に加えられよう。麻希子と工也の相似性と皮膚的な接触は、積雪に互いの顔を押しあて〈ヴァギナに似〉た〈二重映しのデスマスク〉を作る場面に既に予見されている。〈ここから生まれた姉弟のみたい〉だと嘯く工也は、背理とは違う意味で麻希子の世界を微妙に変質させる人物と言える。出逢った当初は〈姉弟〉のように〈こちらの放電量と相手の放電量がほぼ等しい関係〉を保っていたにもかかわらず、麻希子はいつしか工也に《男性性》を感じるようになってしまう。彼女の変化に呼応するかのように、〈確かな一人の人間〉であったはずの背理は妊娠し、〈俗人〉の世界へと急速に後退してしまう。だが、それは予定調和的な成熟物語への回収を意味しない。背理との《擬態》が終焉を余儀なくされた時、麻希子は工也という他者との《差異》がいかに結びつき得るのかを改めて突きつけられるからだ。工也と男／女として向き合う以上、麻希子は彼を〈勃起させる〉ための〈作業をやり遂げねばならない〉と思うが、マゾヒストの工也は麻希子に自分を鞭打つよう懇願する。確かに、工也の欲望は〈性器中心主義〉への異議申し立てとしての〈皮膚感覚的な快楽〉（前掲「早稲田文学」）――〈性器なき性愛〉（『優しい去勢のために』ちくま文庫97・12）への契機と捉えることもできよう。しかし、非サディストの麻希子が〈全く望まぬことを行なおうとして不快〉と感じていることを勘案すれば、ここで虐げられているのはむしろ性的な役割を強要されている麻希子の方なのである。打擲された歓喜のために工也のペニスが〈持てる力を誇示〉した時、彼女の嫌悪は頂点に達する。そして、勃起―射精という一つの快楽の達成に向かおうとする男性器的行為に引きずり込まれた麻希子は〈いっそのこと工也が男でなかったなら〉と思うのだった。

『セバスチャン』では、ＳＭという〈性器なき性愛〉の可能性を示唆しながら、結局のところ、麻希子は工也の《男性性》を直視することも、《モノ》に徹することもできず、自室に取り残されてしまったと言わざるをえない。工也との関わりにおいて〈なおざりにしてはいけなかった〉ことはより尖鋭化され、「ナチュラル・ウーマン」（87）以降の問題系に変奏され、引き継がれていく。

（明治学院大学非常勤講師）

# 『セバスチャン』——永久保陽子

二人の女と、一人の男。この登場人物たちの組合せから思いつくのは、まずは一人の男をめぐる二人の女の〝三角関係〟だろう。ところが『セバスチャン』では、その予想は大きく裏切られることになる。この作品で繰り広げられるのは、〝男と女〟の単なる愛憎劇ではない。

主人公の〈浅淵麻希子〉は、大学を二年で中退し、マイナー雑誌のイラストレーターをしている。作品は、〈麻希子〉が、大学の同期生である〈佐久間背理〉に、電話をかけるところからはじまる。

気がつくと、いつものように麻希子は懇願口調になっており、背理は優位に立つ者の傲岸さを存分に発揮していた。

「試験は金曜までだけど。月曜日？　何時にどこで？　ああそう。気が向けば行くわ。好きなだけ待ってて。」

こういう言い方しても背理は一度もすっぽかしたことはなかった。必ず定刻に待ち合わせ場所に現れる。だからその冷淡さは計算されたものに過ぎないとわかる。本心は言葉面ほど酷薄ではない。何のかんのと嫌みを言うのは単なる儀式であった。それでもやはり麻希子はいくらか傷つかずにはいられなかった。

なぜ言いたいことを言わせておくのだろう。彼女に対して低姿勢でいなければならない義理もないのに。

……………………………………………………………（中略）……………………………………………………………

麻希子は腹立ち紛れに雪を蹴散らした。が、不意に気分が晴れて来た。来週の月曜日には背理に会える。二十日ぶりに。

美しく傲慢な孤高の人である〈佐久間背理〉。〈麻希子〉は、どんなに冷淡な言葉を返され、理不尽な扱いを受けても、〈背理〉と会うことに喜びを感じている。一方〈背理〉は、いかに邪慳な態度を示そうとも、〈麻希子〉との約束を違えたことはない。〈主人〉である〈背理〉と、〈奴隷〉である〈麻希子〉。二人は、サディストとマゾヒストのＳＭ関係にあるのだろうか。確かに〈背理〉は〈麻希子〉に対し、常に高圧的な言葉を発するだけでなく、自分が付き合ってた男とセックスするように命じたり、冬の海に突き落としたり、口紅でかき混ぜ香水を吹きかけたジンジャーエールを飲ませたりしている。それにもかかわらず二人の関係には、単に〝ＳＭ〟と冠するに、収まりの悪いものがある。それは、ステレオタイプのＳＭに付き物の、直接的な肉体的苦痛を与える行為が行われていないからではないだろう。

麻希子は背理を思った。背理は決して馬鹿などではなかった。ただ公平に見て、麻希子は必ずしも全面降伏しなくてもよいものを、わざと自分をずっと引き下ろして位置づけていた。その方が都合がよかったから。背理もまた、それを知りながら知らないふりをして主人を演じてくれていた。常に相手の優越を許すことは辛くないとは言えなかったが、主人と奴隷ごっこをやめて友達ごっこをするとしたら自分たちはどうなってしまうのか。

理想的なＳ（サディスト）とＭ（マゾヒスト）の関係とは、二者が対等であり、かつ深い信頼によって結ばれているものである。二人はその対等性と信頼関係の基盤の上で、あえて権力構造の生じる役割を演じることで欲望を充たす。その点マゾヒストとは、自らを〈奴隷〉に堕としめることに淫する者と言うことが出来るだろう。

〈麻希子〉と〈背理〉は、自らの役割について、確信的である。それぞれの役割の間には、当然の事ながら、権力構造が生じる。〈主人〉とは、支配者であり上位の者であり強者である。〈奴隷〉は、被支配者であり下位の者であり弱者である。しかし麻希子は、〈背理〉に対して〈全面降伏〉すること、つまり、自らが〈奴隷〉に堕ちること、そのものに淫しているわけではない。たとえそれが相互了解のうえの身振りに過ぎなくとも、権力構造において自らを下位に位置づけることに対し懐疑的でさえある。この〈麻希子〉の認識は、〝SM〟の典型から微妙にズラされたものといえる。では、マゾヒストたる〈麻希子〉は、何に淫しているのだろうか?

欲望を満たす場合に、夢想の中においてすら麻希子に相手はいらなかった。わけのわからないままに大きな力が自分に加わり肉体が変形して行くことを思い描けばそれですんだ。要は痛みの感覚を呼び起こせればいいのであって、人の顔などが浮かぶと邪魔なだけなのである。赤いインクを頭から浴びせられたり、獣の群れに踏みつけられたり、体中が金属のように錆びて行ったりする類の妄想に、麻希子は陶然とした。現実的な昂奮や肉体的刺激よりも、この薄っぺらでまやかし臭い陶酔の方が楽しめるのであった。

〈麻希子〉を陶酔させるものとは即ち、〈力〉なのである。〈背理〉の、すべてのベクトルが攻撃へと向かっているクリアな〈力〉に翻弄されることにこそ、喜びを感じるのである。なぜなら〈麻希子〉は、明快で強力な〈力〉に直撃されることによって、はじめて自己認識が可能となるからだ。〈背理〉の〈力〉が、特に強く作用する相手が〈麻希子〉であるということは、何を意味するのか。それは〈麻希子〉の〈力〉のベクトルが、受容性へと向かっていることを意味する。

〝攻撃〟と〝受容〟という〈力〉を、高い純度で描こうとするとき、大いなる障害となるもののひとつにジェンダーがある。

「私にとっては男も女もないのよ。自分を女だと思ったこともないし。私は単に世界にこぼれ落ちた無防備で無装飾の一個の肉体であって、世界に料理されることを待ち望んでいるだけだから。世界が男であろうと女であろうと関係ないの。私には、自分と自分にかかわって来る力があるだけなの。」

〈麻希子〉と〈背理〉が同性同士であり、〈麻希子〉が生物学的な女性でありながら、女性というジェンダー・アイデンティティを持つことの出来ない人物として描かれていることには、重要な意味がある。ジェンダーは、より純化した〈力〉の錯綜を描くことを阻害する。〈力〉と〈力〉の関係に、別種の権力構造を持ち込むからだ。このテクストが描こうとしているのは、出来る限り不純物を取り除いた人間の〈力〉の差異と、それらの交わりゆく様相なのではないだろうか。二人が同性であることも、二人の〝SM〟関係に巧妙なズレがあることも、そのための有効な装置として機能しているのである。

『セバスチャン』以後、松浦理英子は、『ナチュラル・ウーマン』、さらには『親指Pの修業時代』と、問題作を発表してゆくことになる。『セバスチャン』は、数々の松浦理英子作品の根幹をなす要素が、非常に露骨に、かつ原初的な表現形で描かれている作品と言うことが出来るのではないだろうか。

（専修大学人文科学研究所特別研究員）

# 『セバスチャン』——中村三春

長編小説「セバスチャン」(「文学界」81・2、文芸春秋、81・8)の主人公・浅淵麻希子は、大学を中退し、友人・峯律子が準スタッフとして勤める雑誌などにイラストを描いて生活している。律子は同性愛者を自認していて、清水流民子《るみ》という女を恋の対象としている。麻希子の方は、学生時代からの友人・佐久間背理《せり》に対して、相手に絶対服従しなければやまない感情を抱いている。それは〈主人と奴隷ごっこ〉と呼ばれていた。そんな日々に、フローズンという名のバンドのギタリストだった、足の不自由な政本工也という十九歳の少年が入り込んでくる。この小説は、主にこの四人をめぐり、女と女、女と男との関係を扱って、緩やかに交錯し、転調を繰り返すような構造となっている。〈主人と奴隷ごっこ〉について、律子との間で、麻希子は次のような会話を交わす。

「つまり、あなたにとって世界とは佐久間背理なんでしょう?」

「そう。あと若干体の一部みたいに思っている人がいるけど」

「で、どうして寝ないの? 肉体的欲望は感じないの?」

「感じないわね。性欲ということなら誰にも感じないわ。背理のことと肉欲とは全く別なの。もちろん快楽は好きだけど、必ずしも相方を必要とするわけじゃないし。」

事ごとに背理は麻希子を邪険にし、いじめるような態度をとる。決して自分からは電話をかけて来ず、かけると〈ところで何の用？　遊んでほしいの？　迷惑ね〉というような剣突を食らわされたり、海岸を共に歩いていて〈何事かと思ったら素早く足払いをかけて〉ずぶ濡れにされたり、口紅と香水入りのジンジャーエールを飲まされたり、麻希子はそのような虐待めいた仕打ちとともに、その合間にかいま見せる、背理の自分に対してのかすかな愛情を悦ぶという形でしか、背理との親密な関係を構築できない。

一方、背理は麻希子にだけでなく、誰に対しても疎遠な態度で接している。背理は、医者である父親をスノッブのブルジョワジーとして嫌っていて、また、〈うちに出入りする連中の中に、ホモでロリータ・コンプレックスの大学生がいてね。そいつが十二歳の私を物置に連れ込んで抱いたの。結婚してくれとか言いながら。肉体関係は二年ほど続いたわ〉というような体験が背理の過去にある。そんな背理に対して、〈一人の人間にこうまで左右されていいものだろうかと反省してはみるものの〉というほど、麻希子は惑溺しているのである。〈なお、〈若干体の一部みたいに思っている人〉とは、後のところで律子のことだと述べられている。〉

また、〈性欲ということなら誰にも感じないわ〉という通り、女ばかりでなく男を相手にしても、麻希子は肉体的欲望とは無縁である。麻希子にとっては、肉体（生殖器）を介した直接的接触という意味でのセクシュアリティは必要がない。律子と工也は麻希子を挑発するかのように隣のベッドで戯れても、麻希子は一人で熟睡できたという。かくして、ホモセクシュアルであり、マゾヒストであり、かつ、性器性交を否定するセクシュアリティの持ち主、それが麻希子である。〈単に性的に未熟〉という律子の言葉は、このようなセクシュアリティのあり方に対して付与された近似値的な呼称にほかならない。つまり、それは単に律子の概念枠における〈未熟〉に過ぎないのである。このように、この小説はまず、このようなセクシュアリティのあり方そのものを、輪郭鮮やかに描き出していると言うべきだろう。「ナチュラル・ウーマン」や「優しい去勢のために」などでストレートに、「親指Pの修業時代」では極度に異化されて呈示されたのと同様のメッセージが、「セバスチャン」においては先取りされているのである。

ただし、それら後続のいわゆる扇情的《センセーショナル》なテクストにおいても、その扇情性にかき消されてしまいやすい、より深切なストーリーラインを、「セバスチャン」においても既に取り出すことができる。彼女らと彼との関係のあり方は、親密度が増せば増すほど、次第に変調を来すようになってゆく。

工也と背理を天秤にかけようとしたことに気がついて麻希子ははっとした。もう少しでそうするところだった。そんなことをすれば二人とも失ってしまう。

ホモセクシュアル＝マゾヒスト＝脱性器性愛者としての麻希子としては、ホモとヘテロ各々の関係が〈同じ次元〉になることはあり得なかったはずである。だが、作中内現実の具体的な関係の進展の中では、この起こり得ない〈はず〉のことが起こってしまう。そして、転調は突然、破調となる。

決して自分から電話を寄越さない〈はず〉の背理から電話があり、背理の妊娠の報せと、借金の申し込みを聞き、〈天秤〉のバランスを失った麻希子は、〈私はあなたに夢中よ〉と告げて、工也との肉体関係を結ぼうとする。しかも、勃起しない工也の願いにより、ベルトで工也の体を打つはめになる。そのことに憤慨し、〈空々しい気持で工也の股間を見遣った麻希子は、持てる力を誇示したペニスの先端が湿っているのに気がついた〉。〈純粋な嫌悪感〉を覚えた麻希子は、工也を突き飛ばす。この〈嫌悪感〉は、ヘテロセクシュアル＝サディスト＝性器性愛という、自分とは異なる傾向の真似事をしたこと、それ自体に起因するものとも説明できるだろう。

そして背理に二万円を渡した麻希子は、〈父親は他の大学の四年生なの。年は上だけどね。わりといい人間よ〉などという背理の言葉を聞いて、〈三年間あれほどの思いを寄せていた背理が、非常に遠い人間のように思われ〉る。

「もし私があなたにしたことが悪いことだったのなら謝るわ。だけどあなたがいてくれてよかったと思っているのよ。私は生きて行くことが好きだし、あなたも好きだったわ。」

いつの間にか頬が濡れていた。そうと気づくと本格的に涙があふれ出して来た。こらえようとも隠そうともせず、不安げに見守っている背理の前で麻希子は泣いた。

背理の言葉は麻希子にとって、言葉とは裏腹に痛烈に残酷に響いたに違いない。麻希子は本来、背理が麻希子に〈悪いこと〉ばかりしてくれて、露骨に〈好きだ〉とは言わないからこそ、しかしまた同時に、にもかかわらずどこかで〈好きだ〉と思ってくれているという確信ならざる思いがあったからこそ、背理との繋がりを確保しえていたのである。麻希子の愛の形からすれば、誰とも本心から親密な関係を結ばない背理から、突き放され、また突き放される仕方で結ばれている状態が大事であったのである。だから、背理が男なるものを褒めたり、麻希子に感謝や陳謝をすることは、単に背理が麻希子との関係から下りることを決定的に麻希子に痛感させること以外ではない。背理は心から詫びたのかも知れないが、心からの詫びなど、むしろ麻希子にとっては、これまでの背理に対する愛のすべてを瓦解せしめるだけのものでしかなかったのだ。

どんな関係であっても、もちろんホモセクシュアルやマゾヒズムであっても、わずかな〈天秤〉の傾きで人と人との絆は急速に切断される。「ナチュラル・ウーマン」連作でもそうであった。ただし、むしろ「セバスチャン」においては、背理の妊娠とヘテロセクシュアルへの逸脱によって、バランスの危うさは強調されていると言うべきである。だから、表面の（セクシュアリティにまつわる）意匠はともかくとして、この小説は、きわめて悲しい、悲劇的な、恋愛小説なのである。

（山形大学教授）

# 『ナチュラル・ウーマン』──性の規定を超えて──遠藤郁子

『ナチュラル・ウーマン』（トレヴィル、87・2）には、「いちばん長い午後」「微熱休暇」「ナチュラル・ウーマン」という三つの短編が、収められている。これら三作では共通して、容子という女性が、自身の恋愛を語る。いわば《恋愛小説》である。同じ年、村上春樹が『ノルウェイの森』（講談社、87・9）を発表し、〈一〇〇パーセントの恋愛小説〉というキャッチコピーで大ベストセラーになった。また、一九九〇年に刊行された「ニュー・フェミニズム・レビュー」では、〈恋愛テクノロジー〉と題し、〈恋愛〉についての特集が組まれている。この特集の中で、上野千鶴子「恋愛病の時代」は、『ノルウェイの森』や松任谷由美の〈純愛〉のコンセプトなどが大ヒットしたことを例にとり、〈汎恋愛〉〈恋愛病〉の時代の到来を指摘している。『ナチュラル・ウーマン』という《恋愛小説》の出現について考えるとき、そのような時代性と切り離して考えることは決してできないだろう。『ナチュラル・ウーマン』は、まさに、〈汎恋愛〉〈恋愛病〉の時代の申し子と呼べる作品である。

冒頭から『ナチュラル・ウーマン』という作品を、とりあえず《恋愛小説》と呼んできたが、作者・松浦理英子は、この作品を〈恋愛性愛小説〉（「本人自身による全作品解説」「月刊カドカワ」95・11）という言い方で定義している。作者自身が《恋愛小説》ではなく〈恋愛性愛小説〉と定義したことにも表れているように、『ナチュラル・ウーマン』では、〈恋愛〉だけでなく〈性愛〉についても、大胆な描写がなされている。この〈性愛〉の肯定と解放に、従来のいわゆる《恋愛小説》と異なる、この作品の魅力の一つがあることは確かだろう。しかも、そこに描かれた〈恋愛〉とは女性同士の同性愛であり、〈性愛〉描写もSM関係や肛門性愛などといった題材が過激に描き出されている。そうした題材自体、とてもセンセーショナルなものであるだけに、題材ばかりが突出して注目されるという事態も引き起こりかねない。しかし、作品がそのような刺激的な題材を描くのは、〈汎恋愛〉の時代にあって、奇を衒おうというような意図からではない。むしろ、真摯に〈恋愛〉〈性愛〉というものに向き合おうとする姿勢の表れといえるものなのではないか。

連作の第一作にあたる「いちばん長い午後」には、二十五歳の容子が登場する。容子は現在、夕記子という女性と互いに恋愛感情を伴わない性的な関係に甘んじている。二人の間には、そう遠くない未来に訪れるであろう別れの予感に起因した険悪なムードが流れており、その背後には、別の女性の存在がある。四年前に別れた容子の初恋の女性・花世と、容子がいま惹かれ始めている由梨子である。「いちばん長い午後」では、この三人との関係に揺れる容子の姿が描かれている。そして、続く二作目の「微熱休暇」では、その後日譚として、容子と由梨子との接近が描かれていく。この時点で、連作の次の展開としては、さらにその後の容子を描くという選択もあり得たかもしれない。しかし、三作目の「ナチュラル・ウーマン」は、時間を逆行し、「いちばん長い午後」「微熱休暇」での容子の〈恋愛〉と〈性愛〉とに大きな影響を与えた、花世との初恋を描いたのであった。この「ナチュラル・ウーマン」の作品世界が、容子の初恋とその破局を描いて閉じられるとき、読者はもう一度「いちばん長い午後」、そして「微熱休暇」の作品世界へと立ち戻される。『ナチュラル・ウーマン』は、このような円環構造に読者を誘う。

容子は、十代の終わりに花世と出会い、激しい恋と別れとを経験した。性行為の経験がない容子は、花世にリードされるかたちで〈性愛〉関係を結ぶ。花世は、容子に〈私、あなたを抱きしめた時、生まれて初めて自分が女だと感じたの。男と寝てもそんな風に思ったことはなかったのに〉と告白した。この告白には、どのような意味があるのだろうか。

一般に、男性についても女性についても、性行為を経験することにで、《男になる》《女になる》という表現がされる。ここでいう《男》《女》という言葉の背景には、生物的な意味よりも社会的な意味が多分に込められているのではないだろうか。社会は《男》対《女》という対概念に支えられており、異性との性行為により、自身の性別を再確認し、この対概念の構造に組み込まれていく。《男になる》《女になる》という表現は、そうした社会的成熟を意味している。

しかし、同性同士ならばどうだろう。異性の存在の確認を通して《男になる》《女になる》という、対概念の拘束そのものが成立しない。花世は容子との関係によって《女になった》のではなく、〈自分が女だ〉ということに気が付いたのである。容子と出会う前の花世は、〈やらなければいけないって言うか、やるものだ、と思ってたの。女である以上は〉などというように、社会に刷り込まれた概念としての《女》を演じていた。しかし、容子との関係によって、自分は自分のままで紛れもなく《女》であるという意識を得た花世は、初めて自分を縛るジェンダー構造から自由になったのではないか。そして、彼女たち二人は〈男と女の真似事〉ではない、〈私たちに適った性行為〉へと辿り着く。それが、性器ではなく肛門による〈性愛〉なのだった。二人は二人だけのやり方で、自分たちの〈恋愛〉を成就させたのである。二人は〈最高に素晴らしい恋愛をしていたはず〉であった。しかし、そのような関係は永遠には続かなかった。徐々に二人の関係は崩れていき、最後には殴り合い罵り合い、抱擁も苦痛に変わってしまっていた。

花世は、容子に対して〈あなたと会ってナチュラル・ウーマンになれた〉と言った。先に引用した〈生まれて初めて自分が女だと感じた〉と同義の台詞である。それに対して、容子のほうは、もともと〈たまたま女に生まれてついでに女をやってるだけ〉で、〈ついでの部分のことなんかどうでもいい〉と思っており、こうした容子の考えは、花世との関係によっても変わることはない。花世が、容子との関係によって、〈自分が女だ〉ということを初めて意識したこととは対照的である。この花世の変化と容子の不変は、二人の関係において、たぶん決定的な何かである。花世にとっては、〈あなたは空を飛びかねないほど自由で、私は愚鈍に地べたを這いずり回っていて〉という決定的な差異となっている。

別れ際に花世が発した〈あなたはどうなのかしら？　いつかナチュラル・ウーマンになるのかしら？　それとも、そのままでナチュラル・ウーマンなの?〉という問いに対し、容子は〈自分が何なのか、いわゆる「女」なのかどうか、私にはわからない。そんなことには全く無関心で今日まで来た。これからだって考えてみようとは思わない〉のである。しかしこの時、容子も二人の間の決定的な差異に気づかざるを得なかったことだろう。花世は容子との関係によって、ジェンダーの拘束から解放され、なおかつ〈自分が女だ〉という着地点に立った。しかし容子は、花世のように自分の性別を《女》というものには規定し得ないし、そもそも規定しようとは思わないのだ。ジェンダーの拘束をまったく意に介さず、着地点さえ求めずにいる容子は、〈空を飛びかねないほど自由〉に見える。しかし、その〈自由〉の先にあるものが何なのかはまだ分からない。〈最高に素晴らしい恋愛〉の果てに容子が見たのは、〈一人きりで絶壁の淵にいる〉風景だった。この作品に描かれた容子と花世のそれぞれにおける〈恋愛〉と〈性愛〉の様相は、誰もが当たり前のように自身の性を規定しているかのような社会のあり方に対し、自身の性を規定することの意味を問い続けているのではないだろうか。

（専修大学非常勤講師）

# 『ナチュラル・ウーマン』――ヒトはヒトと結ばれうるか――

島崎市誠

誤解される言いかたになるが「普通に書いているな」というのが初めてこの作品を読んだときの素直な感想であった。『ナチュラル・ウーマン』(87)という作品は驚くほど普通に、まさに(ナチュラル)に、性愛というか、女性同士の情交を描いてすこしも下卑ていない。もっと言えば作品には特殊なことを描こうというような気負いは感じられず、非常に丁寧にそれらの行為が二人の登場人物の思いとともに描かれていて無理が無い。これほど直截に肉体の交わりが精神的な裏づけというか、情感豊かに描かれた例は珍しいのではないか。つまり人物たちの思いは行間にあふれ、そこから肉体を求めあう二人の切なさは、愛情に性別など、ましてや性器交渉など関係ないことが読者によく伝わってくるのである。言い方をかえればセックスあるいは情交というものは案外に理性的な面を持っていることが、もっと言えば言語的なものだということがよく承知されるのである。これは作者の意志を超えてこの作品の思想となっているのではなかろうか。

作品は、とりあえずの主人公容子を狂言回しにして夕記子、由梨子、花世たち三人の女性が各短編ごとに登場し、容子と絡んでいく仕掛けとなっている。そして作者は女性同士の肉体的、精神的触れ合いを描いてやまない。なぜ女性同士ということにこだわるのであろうか。男女の性愛小説でよいではないか。その点にこだわってみると、女性同士でなければ多少無理に見えてしまう場面がいくつかあることに初めて気が付かされるのである。たとえば冒頭の生理出血の場面などは女性同士だからこそ唐突にも不自然にも見えず、また女性たちの日常をある意味暴露的に見せているはずなのに普通に見えるのは興味深い。そして結果的にはその赤く染まったシーツが彼女たちの住む世界を象徴的に示す印象さえ読者に与えるのである。また暴力的な場面でも、大きな動きをともなわない行為が主であり、その行為をする者とされる者が読者には同時に見えるように描かれていて、二人の間の奥にあるものが見えやすくなっている。すなわち暴力行為の内実には相手の気持ちを求めても求められない夕記子や花世の苛立ちとそれがまったくわからない容子の関係が透けて見えるのである。また由梨子への思いなどはほとんど初恋の男への気持ちと寸分違わぬといってよいが、その容子の思いが肉体的な内容も兼ねていた場合に相手が男であれば読者としてはおそらく従来の男女の恋愛パターンを思い浮かべ、作者が本当に描きたかったところへ読者を連れて行けない可能性がある。ところが相手も同性であるところから容子の思いは純粋に相手を求めてのうえでの結合への思いであることが真空状態の中での実験のような意味合いでこちらに通じるのである。その意味で作者の作戦は見事にあたったといってよいだろう。

では作者はこの三人の女友達と容子を通して何が描きたかったのか。もう少し作品内に踏み込んで見ると登場人物たちは作品内でお互いを求めあう。そして皮膚と皮膚をかさねての安心感のようなものが二人の間に流れる。しかし互いの思いが無ければ散々な結果になることがまず夕記子とのことで証明され、次に初恋のような思いは肉体的な方向に向かいながらもそのことで確実に何かが壊れることが由梨子とのやりとりで予感され、最後にその実例としてどんなに愛し合っても二人はひとつにはなれないことが花世との交流で示されるのである。作者自身は対談（『おカルトお毒見定食』94）などでさかんに性器交渉のない情交を描きたかった等のコメントをしているが、筆者に言わせれば処女作以来作者はひたすら人間同士の結びつきの可能性を探しているとみたほうがよいように思われる。『ナチュラル・ウーマン』はその一つの結論というべきものではないか。

その結論はあまり喜ばしいものではなかった。なんとなれば容子はだれと付き合ってもうまく行かないのであろうことが作品内で示されているからである。周知のように容子はいつも受身的な姿勢を見せながら驚くほどの決心を相手に常に見せている。例えば好きな相手であれば、あえて自分の口の中に入るタバコから逃げない人間であることを高校生の頃から示していた。ここが実は問題となる。すなわち逃げない相手に対して仕掛けたほうは止めるわけにもいかず、仕掛けつづけるしかない。ほんのいたずらがいたずらにならなくなり、ついには容子をいたぶる相手がまるでいたぶられているような思いに駆られる。それが夕記子や花世との間で繰り返されていたことだ。花世との別れに傷ついた容子はせめて肉体面からその寂しさを補おうとする。それが夕記子の行為をエスカレートさせ、そうさせられることで夕記子はそこに愛情のないことをますます憤るのである。

容子は常に自分の思いを相手にぶつけるだけで自分から相手にはなにも与えない。それが男女の間でのことになるとやさしさとか愛情不足とかの方面にむかってしまい、二人の関係が見えなくなってしまいやすいのであるが、その意味でもこの小説は恋愛の在りようをもっとも純粋に見届けようとしたものといえるだろう。登場人物たちは同性だけに相手に好かれようと化粧することも手料理をすることもない。ひたすら自分が相手を好きか、否かに全精力を注ぎ、その思いが相手に通じないことにぼろぼろになっていくのである。これは容子のことではない。作中で唯一傷ついていないように見える由梨子も、花世のようになるか、夕記子のようになるかはもう見えている、容子は少しも変わっていないのであるから。皆が容子の熱烈な思いに負けて彼女の願うとおりになってしまうのである。始めはそれでいい。しかしそれだけだ。それだけのことが永久に続く。少なくともそう思わせる容子の愛され方、あるいは愛し方なのだ。愛の行為を容子は作中でもずっと待ちつづける。そこに昇華するものはなにもない。男女の間ではその恋愛で性別の違う者が結ばれ、子供が生まれ、夫婦という新しい関係に入り、家庭が出来て、新しい物語が始まることで、何となくうやむやにされてきた二人の愛情が、実は逃げることも隠れることも出来ない世界であることをこの作品ははっきりと示している。花世が容子の肉体に向かいながら泣いていたのは、容子を諦めなければもう生きていることは容子を愛することであり、それは永遠に循環する時間の中に住むことであり、そのなかで確実に死に向かうだけの、まるで壁にむかって生きていくようなことであることがあまりにその肉体を通して分かりすぎたからであろう。家庭だと別な目的に変質する二人の関係はここではいっさい考慮されていない。当然どこにも逃げられず、安らぎはない。花世は愛情以外になにもない窒息状態から脱出するには失恋するしかないと決心するしかなかった。これほど残酷なことはないのだ。それが容子にはまるで通じていない。断っておけばこれと似たような状況は初期作「肥満体恐怖症」(80)ですでに扱われており、作者はその前提でこの作品を書いていると思われる。その意味で言えば少々作者は初めての読者には不親切ではある。しかし彼女の作品に初期から付き合っている読者にはまさに余分なところのないエッセンスだけが『ナチュラル・ウーマン』となって結実しているといってよいだろう。

このテーマは以後も扱われているが、当作品の変奏曲の意味合いが強い。特に『親指Pの修行時代』(93)はこの小説無くしては成立し得ないものではなかったか。繰り返せば『ナチュラル・ウーマン』は、人間とは理解し得ても、愛し合えても、ついにそれを続けることの出来ない存在であることを示していた。『親指Pの修行時代』では作者のそうしたとことん人間関係を突き詰める姿勢は薄れて、交合のさきにある互いの理解をゆるやかに歌い上げている。作者も認めているように読者サービスの部分が作品内にはいって、『ナチュラル・ウーマン』の純粋さは求むべくも無いが、それだけに前作の毒消しのような役目もはたしていた。

(元・千葉大学講師)

# 『ナチュラル・ウーマン』——ウロボロスの苦悩——谷口　基

「いちばん長い午後」「微熱休暇」「ナチュラル・ウーマン」の三編で構成されている本書は、ちょうど、自分の尾に食らいついた蛇のように、循環し続ける物語の運動を私たちに見せてくれる。リニアな時間軸のもとに再構成されるならば、いちばん過去に属するはずのエピソードが巻末におかれることで『ナチュラル・ウーマン』の世界は、永遠性を象徴する伝説の蛇・ウロボロスさながらに、果てのない物語を紡ぎ出すのだ。

〈私〉こと村田容子は、同人漫画誌のサークルで見初めた諸凪花世に十九歳の官能を燃え上がらせる。男にも、女にも、かつて心ひかれたことのない容子にとって、花世との交情は、生命の樹の実を喰らうにひとしい営みであった。官能的な瞳とはりつめた顔立ち、他者に向ってはストイックなまでの生真面目さと冷酷さと誇り高さをしめす花世の〈すべて〉が、彼女の心にかなったのである。しかし、狂おしいまでに花世を愛する容子を前に、やがて花世は立ち竦まざるをえなくなる。甘美な愛戯の責めは、ほどなく荒涼たる暴力にかわり、ふたりの蜜月は終焉を迎えるのであった（「ナチュラル・ウーマン」）。愛するものを失った容子は、やがて、国際線のスチュワーデスをしている夕記子との関係にかりそめの慰めを見出すようになる。しかし、逞しく艶やかな美貌の夕記子は、本来容子の「タイプ」ではないし、夕記子もそれを知っていた。〈事がすむと愉しんだことすら忌々しいと言わんばかり〉の態度をしめし、〈目前の相手にわざわざ唾をはきかけ〉るようにふるまう夕記子の態度は、あたかも、女から肉体の快楽だけをむさぼろうとする「男」のふるまいを思わせるものだが、彼女には彼女なりの言い分がある。〈あなたは誘いかけるのがうまいのよ。可愛いから人を惹きつけるし、あなた相手に暴君を気取ってみたくもなるのよ。ところが罠なのね。しばらくたつと、実は自分があなたに踊らされていることに気づいて愕然とするの。あなたは忠臣を演ずる気紛れな皇帝陛下なのよ。すべては自分の気紛れに始まっているということを呑み込んでいるから何をされても平気なのよ。ご立派ですこと〉(「いちばん長い午後」)。この夕記子からの訴えを、容子は、自分の行為が相手への〈敬意〉をともなっていなかったことへの戒めととる。しかし、この諍いの一齣に、私たちは容子と花世の別れのシーンを重ね見ることができるのだ。

私は訊いた。

「私が言い出すのをずっと待ってた?」

「待ってたりはしなかったけど、あなたとやれることで残っているのは別れることだけだ、とわかってたわ。」

私は掌の汗を膝にこすりつけた。

「何だか、いつもあなた一人がいろいろなことをわかってたみたい。私は何も知らなくて。」

花世は少し驚いた風に私を見た。

「それは逆でしょう? 私はあなたが怖かったくらいよ。あなたは空を飛びかねないほど自由で、私は愚鈍に地べたを這いずり回っていて。」

(「ナチュラル・ウーマン」)

花世も夕記子も、容子という鏡と向き合うことで自身の限界を知った。愛されても愛されても、同質の愛情をもって報いることのできない自身の限界を知った。崩れゆくアイデンティティーを守るために起ち上がってきたものこそ、愛情に替わる暴力の発作であったのだろう。容子は、恋人たちに対して常に受け身の姿勢をとりながら、「好き」ということばを頻発する。しかし、容子が用いる「好き」と、花世や夕記子が求める「好き」は、全く異質の概念であり、それ故に彼女らは煩悶せざるを得ない。容子の「好き」は、花世には過剰な欲望であり、夕記子には空疎で物足りない観念にすぎない。食い違うことばのもどかしさはそのまま、受け身を装いつつ相手の主体性を呑み込んでいく容子の自己完結性を花世たちに暗示する。自慰的なウロボロスの快楽を突破するものは、もはや、他者性としての暴力しかあり得ないのだ。

　夕記子では満たされない心の空隙を埋める存在を、容子はアルバイト先で知り合った由梨子に求めはじめる。〈気取りがなく、裏表がなく、鬱屈とは無縁〉な由梨子は、彼女にとって〈切り札〉として意識されていた。花世とも夕記子とも異なる由梨子の単純さと明朗さは、〈由梨子とだけは、汚したり汚されたり、といった行為はやりたくないのだ。やりたいけれどもやりたくないのだ〉という二重拘束をもたらすが、性のしがらみを離れた由梨子との関係は、彼女と一緒にバイト先の小生意気な女子短大生をぶちのめした際の記憶のように、清爽な快感を容子にあたえ続けるものであった。〈毎晩腕立て伏せを三十回以上やって腕力をつけ〉、気に食わない相手は〈殴ってやる〉ことも厭わない由梨子。彼女が体現する「力」は、容子が花世たちとの交情の中で体験してきた暴力とは対極に属する、自立した「力」の象徴なのだ。そんな由梨子に深く魅せられながらも、ふたり連れだっての伊豆への一泊旅行、容子はついに由梨子と体の交わりを持つことができない（「微熱休暇」）。

　由梨子は〈同性愛〉ということばを、異性愛、すなわち女と男との間に結ばれる性愛の対立項というニュアンスで用いているが、この認識は物語の中で否定されることはない。その代わり、異性愛がスタンダードな性関係であるという直裁なことばもまた、物語には一切登場しないのである。そして、容子が敢て口にする「普通」へのあこがれもまた、どこか心許なく、空々しい。〈お母さんと手を繋いで散歩に出てアイスクリームを買ってもらってる子供〉を〈いちばんいい〉幸せの構図だと主張する由梨子に、容子はこう言っている。〈私も思う。男に声をかけられるたびに、自分が男が好きだったらどんなにいいだろうって〉。だが、容子の男性観には、ひどく虚ろな印象があることは否めない。そもそも恋愛、性行為の対象が同性であるか異性であるかは、容子にとって大きな問題ではない。彼女の苦しみの根は、自然のままの自分が他者に受け容れられないところにあるのだ。

物語には、自分のことばを持たされて登場する男はふたりしか描かれていない。ひとりは花世と別れたばかりの容子が二度だけ関係を持った、大学の同級生。男性一般を代表するかのように〈男という奴は〉と女性論をぶち、〈普通、女のそんな姿を見るとぞっとしない〉という胡座姿を、〈男の子〉のように〈腰が細い〉容子に限って〈可愛い〉と誉める。この俗っぽい童顔男から貰った〈ピンクのトランクス〉を、容子は大事に大事に穿き続けている。もうひとりは、伊豆の宿で深夜、緊迫したひとときを過ごした後に、由梨子とともに忍び込んだ厨房で鉢合わせした調理師。二人の男の子の父親であるという彼は、一杯機嫌で、容子たちに茹でた蛸をふるまい、彼女らがまくしたてる〈若い女がしょっちゅう言う〉ような脳天気な冗談に目を細める。〈私たちが部屋でどんな風に時間を過ごしていたか知らない男が、私たちの出まかせをさほどひどい出まかせとは思わず聞き流してくれているのがありがたく、励まされているような心強ささえ覚えた〉。平凡な男の、平凡きわまる生活や意見に安らぎを覚えるほどに、容子の中にある、非凡であることの苦しみ、自然に生きることの苦しみは大きいのだ。

『ナチュラル・ウーマン』の世界に循環するものは、非凡の苦しみに耐えかねて漏れ出でた叫びと、たとえ我が身を食いつくしても埋めることができない、巨大な空虚感にほかならない。

（早稲田大学非常勤講師）

# 夜明けの予感――『ナチュラル・ウーマン』――中上紀

幾つもの小説が収録された本を読みはじめるとき、どこから読むかは人それぞれだし、また、そのときの気分によっても違うだろう。しかし、多くの場合、最初から順に読んでいくか、あるいはまず表題作から読む、という二パターンのうちのどちらかではあるまいか。私の場合、たいがいは後者で、表題作の後で最初から読むというケースが多い。したがって、三作品からなる本書『ナチュラル・ウーマン』を、はじめて読んだ時もそうだった。つまり、「ナチュラル・ウーマン」「いちばん長い午後」「微熱休暇」という順番で、物語の世界に身を置いていったことになるのだが、偶然にも、これは時系列に沿った流れ、主人公であり語り手である容子の中ではじまった何かが年齢と共に熟していくプロセスを、リアルタイムに辿ることが出来る順序であった。

性愛の可能性とは何だろう。私は容子ほど、恋や性に貪欲に向き合っている女性を知らない。現実の世界はもとより、フィクションなど非現実の物語のどこを探してみても、彼女ほど心と身体の繊細な動きに忠実に反応し、そこに問いを求め、その答えを追及している女性ひとに、かつて私は出会ったことがない。

容子は三つの物語を通して三人の女性たちと異なる関係を持つ、いわばレズビアンである。しかし彼女が作り出す世界は、同性愛であるがゆえにおきる葛藤などというものとは無関係だ。いや、別の次元に存在する。それは恋愛、そして性愛ですらも超えた、一つの大きな快楽の道へと繋がっており、容子によって、読者はこれまで味わったことのない新しい予感に満ちた独特の世界へと導かれていくのである。

容子は、早くから何となく自分はいわゆる普通の恋愛には向いていない、むしろ女に触れられることに心地よさを感じることに気づいていた。しかし、言い寄ってくる男とはとりあえず付き合ってみたりもした。その意味で探究心旺盛な女性だとも言えるだろう。しかし、というべきか、案の定というべきか、結局彼女はどの男とも〈乾布摩擦のような〉戯れに過ぎない退屈な関係に終わる。そうして、男にも、女にも、心を寄せることはなかったのだが、十代の終わりの年に、初恋とも言える衝撃的な恋をする。その相手が花世だったのだが、彼女によって、いままで硬く閉ざされていたものが開花していった。

花世が、ことごとくの源なのだった。容子の恋と性への異質な関わりの原点となった女性であるが、彼女は、本書の三作品を通して、堂々たる核になっている。はじめて関係を持った日、〈あなたにしか感動しない〉と容子に言わしめた彼女は〈常に潤んでいて何かを待ち受けているような官能的な瞳〉の持ち主であり、同時に〈誰にでもたやすく心を明け渡さないと言わんばかりの誇り高い〉女でもあった。

花世によって施される激しくそして切ない愛撫。それらは、容子の中でまるで活動中の火山のように熱い炎を噴出し、命の輝きにも等しい煌々とした光をもたらした。

恋とは、そして性とは何だろう。容子の語りに引き込まれそうになりながら、そんなようなことを考えている自分に気づいた。それほど、二人の関係は異質であり、それでいて同時にドラマティックでもあった。

セックスにおいて、花世は能動的で容子は受動的であった。まったく異なる心と身体は時間をかけてやっと探し出したパズルのかけらのようにぴたりと合い、二人は夢見心地で〈素肌と素肌がしっとりと吸い合う〉ような行為を繰り返し続けるのである。

花世は男性経験の豊富な女であったが、女と関係を持ったのは容子が初めてだという。それだからかどうかはわからないが、容子との行為においては、最初の一回を除いて、彼女の〈温かい池〉に触れることは皆無だった。また自分のそれも触れさせない。容子もまた、そのことを特に気にはしなかった。性器は、二人にとって〈男と女の真似事〉のため以外の何ものでもないのだった。

読みながら、いつのまにか私はこう考えていた。結局のところ、男と女の性行為は、どんなに愛だの恋だのと言った言葉を並べ立てても、“生殖”の二文字から離れられないのではないのか。人間や動物が、この地球上で何万年、何億年と繰り返してきた繁殖のための行為に過ぎないのではないか。人間はすべての生物の中で唯一、避妊をする、そしてそれが可能な存在であるが、たとえどんなに妊娠を避け、セックスという行為そのものに快楽を求めようとも、あるいは愛の言葉で飾りながら抱き合おうとも、最後に雄が射精するという一つの到達点がある限り、やはりそれは本質において子作りと密接に繋がっているとしか思えない。

その点、女と女の性行為は、射精とは無関係のところにある。いわゆるオーガズムというある種の極みにしても、男なら射精をするが、女のそれはまったく関係のないところで発生する。男と関わらないことで射精を排除し、その上で、そこから性器そのもの、さらに言えば子宮の存在をもとってしまったらどうなるだろうか。そこに、性器以外の、身体のあらゆるパーツの感覚を愛撫し楽しむ、新しい性関係が発生しないだろうか。これを人によっては“不毛”と言うかもしれない。しかし、“生殖”という呪縛から完全に解き放たれた自由な空間がそこにあることは確かであろう。

女性間の性愛について私には限られた想像力しか与えられておらず、その中でイメージを広げていくのはなかなかに難しいと思っていたが、しかし、細部までを追求する容子の思慮深い語りをナビゲーターにすると、まるで天のどこかから手ほどきを受けているかのように、不思議でめくるめくような情景が浮かんでくる。
関係が始まったばかりのころ、容子と花世が夢中になっていたのは、まさにこの不思議な性の営みであった。どうやら、あえて性器を避けることで、〈男と女の真似事〉や、〈ままごと〉とは別の観点からの喜びが生まれるようである。もちろん、それは愛し合っている二人だからこそ、という前提においてであるが。さらに、二人は別の、もっと特別な、究極のパーツを発見し、そこに快感を見出していった。容子が〈池の裏手の深い沼〉と呼ぶそれは、肛門であった。はじめてその場所に花世が触れたとき、容子はたとえようもない充実感を味わった。手にいれなければならなかったのにずっと手にいれられなかったものを、今ようやく獲得できたという思いが、私を満たしていた。（「ナチュラル・ウーマン」）

しかし、それ以降、どことなく二人の間には澱んだ風が吹き始める。やがて、赤々と燃えるに任せていた炎は、物語の進行と共にくすぶっていく。

肛門というパーツの発見は、二人の間でのある種の頂点だったのかもしれない。そこが何か大切なものを生み出すのではなく、いらないものを排出する機能であるということが、関係の退廃のはじまりを匂わせている。そもそもいつもリードするほうだった花世は段々と攻撃的になり、時には肉体的精神的に痛みや屈辱感をも容子にもたらすようになった。しかし容子は、苦痛でたまらないにも関わらず、攻められるほど快感を覚える自分に気づく。花世はそんな容子に苛立ちますます辛く当たり、二人の関係そのものが悪化しはじめる。

花世は私の言うことを一切まっすぐに受け取らなくなっていた。私が底意もなく口にしたことばを勘繰り、悪いほうに捩じ曲げ、挙げ足を取り、絡んで責め立てた。躍起になって弁解すればするほど花世の怒りは昂まる。（「ナチュラル・ウーマン」）

どんなに冷たくあしらっても、容子は花世を好きだと言い続ける。花世は、そんな容子に嫌気がさしたのではなく、まるで一人芝居をしているようだ、と思ったのかもしれない。確かに、苛んでも、傷つけても、愛情を向けてくるのは、腹を痛めて生んだ子供か、あるいは同じようにして自分を生んだ母親くらいのものである。さもなければ、自分自身だ。自虐的行為は、自分が真に憎いからではなく、自分かわいさのなれの果てである。花世は容子を傷つけながらまた自分自身も傷つくのに、容子はそれを軽々と快感の波に飲み込ませていくようで、そこに取り残された花世はさぞかし自分をちっぽけなものと感じたはずである。

花世と別れ、傷ついた容子が一人で新たな一歩を踏み出そうとするところで「ナチュラル・ウーマン」は終わっている。そして「いちばん長い午後」「微熱休暇」へと、つながっていくのであるが、これらの数年後の容子の物語の中で、彼女は夕記子という女とやはり激しい身体の関係を持ちながらも、やはり一番最初に恋した花世を忘れられないでいる。しかし、さらに由梨子という新鮮な存在がまったく別の方向から彼女の視界の中に現れることで、三人の“恋人”たちとの間を浮遊しながら、容子は等身大の自分をもう一度見つめる。

彼女のような魅力的な人間と共にいることを楽しむ資格があるのはおそらく私ではない。…中略… 私などは人生の一時期に由梨子を友達に持てたことを喜んでいればそれでいい。（「微熱休暇」）

由梨子に対する思いが、花世や夕記子に対しての思いとは明らかに異なったもっと穏やかで清潔な感情であったからこそ、容子は一度は湧き出てくる性への欲望を抑えようとする。しかしすぐに、それもまた綺麗ごとなのではないかと、思いなおす。

実際にやってしまうよりやりたいやりたいと熱望している状態の方が幸せだ、と声に出さずに言ってみてすぐ、今のは正しくない、と思う。そもそも私は何がほしいのだろうか。どうすれば誰かと共にあって「幸せ」になれるのだろうか。（「微熱休暇」）

結局、宿で二つ並んだ布団を前に容子自身の耳に響いたのは、とっさに口にした〈あなたとやりたい〉というひと言だった。相手に対してというより、自分自身に対してきちんと心を開き素直になった上で、全身から噴出する彼女の声。性愛は、綺麗ごとなどではない。それが肉欲を含むものであっても、そこに愛しいという思いが存在するのなら、受け入れられようとなかろうと、伝えようとすることで、何かが開けるはずである。読者はそこに、卑屈にも自虐的にもならずに、堂々と、まっすぐに未来の方を向きはじめた容子を見つけるだろう。

恋とは何だろう。私も自分自身にもう一度問うてみる。相手を喜ばせたいと思うのが恋愛なのか。そのことで自分も喜ぶことが視野に入っているのなら、それは自己愛ではないのか。結局、考えても考えても、正しい答えなど見つかりはしない。そういうものなのかもしれない。そして、それで、いいのかもしれないと思った。どんな形の恋であれ、自分が生きていると感じることが出来るのなら、〈ユー・メイク・ミー・フィール・ライク・ア・ナチュラル・ウーマン〉なのだ。そして、恋人たちの〈夜は果てしなく長い〉。だからこそ、眠れようと眠れまいと、愛し、愛されようとそうでなかろうと、必ず来る、幾つもの予感を含んだ夜明けが、待ち遠しくてたまらない。

（小説家）

# 『親指Pの修業時代』――〈私自身の要求〉を生きたい――

江種満子

**ベストセラー**　松浦理英子の『親指Pの修業時代』（以下『親指P』と略す）は今から十数年前、「文芸」の一九九一年春季号から一九九三年冬季号にかけて連載され、完結と同時に一九九三年一一月、上下二冊で単行本化された。単行本はたちまちベストセラーになったが(1)、連載最終回に同時掲載された小倉千加子の書評「幼形成熟《ネオテニー》の復讐」(2)に憤激した作者が、次号の渡辺直巳のインタビューの中で小倉を「殺してやります」(3)と口走ったことが週刊誌に載るなど(4)、スキャンダル好みのマスメディアを巻き込んでいっそう人気に拍車がかかった。

小倉の書評は、松浦のたっての指名を受けたもので、前述のように『親指P』の連載最終回の誌上に発表されたのだが、『セックス神話解体新書』(5)で知られた小倉は松浦の期待を裏切って、松浦のセクシュアリティ観を発達生物学でいうところの「幼形成熟《ネオテニー》」と決めつけ、それを克服するためには〈家父長制と資本制〉と戦い、イデオロギーとしてのフェミニズムにいっそう歩み寄るべきであるとした。たしかに小倉が使った「幼形成熟《ネオテニー》」概念の適否も問題にちがいないが、また提言自体も乱暴なフェミニズム批評にとどまっていることは否定できなかった。反面、松浦の怒り方もまた、近親憎悪的な激しさに聞える。このように、小倉の書評を含めた当時の反響の多くは、はたしてこの小説をよく理解したうえでの批評だったのかどうか、かなり疑わしい。筆者自身の当時を振り返ってみても、かならずしも理解ある読者だったとはいえない。

若い女の足の親指がペニス化するという面妖な着想に度肝を抜かれ、恐いもの見たさで手にした小説は、〝純文学〟のはずのテクストのいたるところに「ペニス」「ヴァギナ」などの性器語が現れ、即物的な性のイメージが氾濫し、こうした雰囲気に不慣れな読者はつい目を背けたくなっただろう。のみならず、性的奇形者の集団によるフラワー・ショーなるフリーク的シーンが微細に描写されて延々と続けば、それらに眩惑されてテクスト全体を貫くメッセージを解読できなくなり、読者は忍耐なしにページを追い続けることもむずかしくなる。おおかたの読者は、いたるところに突出する性的な題材群と、テクストのプロットや語りが織りなすテクスト戦略を、じっくり読み分ける余裕をもたなかったのではないか。

加えて、単行本や一九九五年の文庫本の表紙カバーも、そのような傾向をあおるかのようだった。装丁者のミルキイ・イソベは、この小説が題材面で大半部を占めるフラワー・ショーのきわどい雰囲気に的を絞り、オレンジ系の極彩色で画面をはみ出すほどの大輪の花を描いてその花心にエンゼルをあしらっているが、これはまるでサーカス小屋の祝祭の昂奮をあおるような趣向である。

けれども今、十有余年の時を隔てて落ち着いて読むと、『親指P』は題材の怪奇さ面妖さの深層では、一九七〇年から一九九〇年にかけて上げ潮に乗ったウーマン・リブとフェミニズムに勢いづけられたジェンダーの主題にセクシュアリティの表象をもって挑戦すべく、入念なプロットを構えていたことに気づかされる。すなわち、ヴァギナ－ペニス中心主義、生殖を目指す異性愛中心主義といったカノンに単一化された近代のセクシュアリティに異議を申し立て、もっと自由な性愛を奔放に構想することをテクストの推進力としていたのである。

**他者の性／他者の欲望**　親しかった女友達が自殺してまもないある夜、二二歳の女学生真野一実は自分の右足の親指がペニス状になって快感をおぼえる夢を見た。目覚めてみると、ほんとうに親指はペニスのように変形していた。さわると気持ちがよく、しかも大きく伸びる。ヴァギナを持つ女の身体に男のシンボルのペニスが加わったのだ。この現象は、ジークムント・フロイト先生の精神分析の原理よろしく、女は男のペニスを羨望する、などとする主張とは似て非なるものである。むしろ反フロイト的でさえある。それは、一実が親指ペニスを見ながらつぶやく言葉、〈親指ペニスの要求は私自身の要求でもあった〉（『上』21 p）から明らかなように、親指ペニスは女がセクシュアリティにおいて主体であるためのイメージ・シンボルだった。

この親指ペニスはなかなか愛らしく清潔な形をしていたけれども、結婚を想定して付き合っていたボーイフレンドはペニスというと男のペニスしか認めず、また女のペニスが女にとっての〈私自身の要求〉を意味するらしいと暗黙のうちに感じ取っていたにちがいなく、それを生理的に嫌悪する。彼のように男の典型のような男と親指ペニスをもつ女の相性がよいはずがない。

やがて親指ペニスを拒む恋人に代わって、それをあるがままに受け入れてくれる年下の盲目のピアニストと一実は婚約する。彼は、〈一般の男性とは全く違った道筋を辿って性的成長を遂げた少年〉であり、だれもが他人と〈仲良くなりたい〉から性行為をするのだと信じ、ホモ・セクシュアルにもヘテロ・セクシュアルにも隔てなく応じる。他人と仲良くなるためなら〈静かな遊戯〉に近いふれあいだけで満足し、ペニス-ヴァギナの結合にとらわれることもない。

まもなく二人は、一般的な性生活のルーティンから外れたフラワー・ショーの人々に交じって巡業の旅に参加するが、一実はそれぞれに性器的な難問を抱えるメンバーたちが、〈どうやって変化を受け入れたのか、体の変化をきっかけに生活はどう変わったのか、話し合ってみたい〉と思い、彼らに〈友達〉のような親しみを感じる。

ショーはいくつかのペアで演じられる。ペニスに突起がある男と、セックスすると全身に発疹ができる女とのペア。性行為をすると眼球が飛び出す男と、ペニスを除去して女になりたかった性転換者の絡み。彼は〈女になって女を愛したかった〉と告白する男のレズビアンである。またヴァギナに鋭い歯がある女と、もとシャム双生児だった小柄な男との性行為。この少年のような男は、分離手術をして自分の腹中に残る双子の片割れのペニスが外性器として体表に現れているとされる。その性器は双子とはいっても神経系統を異にする他人のペニスにちがいなく、彼自身の欲望とはつながっていない。そんな他人の性器に自分の性幻想を転移する性行為は、およそ狂気の世界であろう。

そんな男の狂気を、年上の女の映子が包んで耐えているけれども、一実は自分が映子を愛していることを、親指ペニスにふれる映子の手の感触によって悟る。その接触は一実にとっても映子にとっても偽りない〈私自身の要求〉なのだと、おたがいに了解しあう。

彼らの中で性的にいちばん深刻なのは、シャム双生児の生き残りの少年である。この小説のセクシュアリティの構図では、双生児の生き残りの男は多数の登場人物の中で一実ともっとも遠い対極に位置づけられ、この少年に耐える映子は一実のもっとも近いところに位置づけられている。（医学的には、腹中にシャム双生児の片割れの上半身を生き延びさせるなど、荒唐無稽なシチュエイションだが、このさいリアリズムに足をすくわれない方がよい。寓意として明快であれば十分である。）

シャム双生児の生き残りの彼は、自身の奇形を自覚すればするほど、ペニスをもってヴァギナに結合すべしとする世上のセックス神話＝ジェンダーに脅迫されずにはいられない。だから彼は、シャム双生児の片割れの所有になる〈他人のペニス〉を用いて、しかもジェンダーという他人のセックス神話に服した性行為に執着する。そうしなければ一人前の男ではない、という強迫観念にとりつかれているからだ。こうなると、彼にとって性行為は二重に他者のものとなり、〈彼自身の要求〉は捨て置かれたまま、彼の性の欲望と彼の性行為は決して一つにならない。その結果、この男（少年）は常に情緒不安定で満されず、女を憎みつつ、しかも女に依存するのだ。

もちろん彼は寓意的な存在として登場している。彼の意識と行為《ジェンダー セクシュアリティー》の構造が男性一般のものに寓されているからだ。多くの男たちは男のペニス＝男の要求だけを崇め、ペニスとヴァギナの性器結合を性行為の究極と信じてきた。彼らは、彼ら自身の多様な欲望のかたちを受け容れず、他者たちが文化として作り上げたペニス神話を唯一のカノンとして、〈自身の要求〉とはちがう他者の性行為に励んできたのではないか。

先述の「文芸」は、親切にも松浦へのインタビューのすぐ前に岸田秀の「不能論」を載せて、『親指P』への補助資料を提供している。岸田は、〈男は不能であることが本来の状態で〉、性欲は一回ごとに他者のつくった文化的な幻想によってつくりあげるものだと述べ、いかに彼らが彼ら自身の要求に正直でいられないか、そのからくりを解き明かしている。対するに小説では、女の一実は女のペニス〈「私自身の要求」〉を過不足なく満たし合える体験を、女の映子との同性愛によって味わっている。

こうした性の表現は、女性のセクシュアリティを基盤にして女性の〈私自身の要求〉を立ち上げた第二波フェミニズムの潮流に深々と棹さしている。私たちはここに、河野多恵子の『不意の声』（68）を先蹤とし、川上弘美の『センセイの鞄』（01）へと道を拓きつつ、ペニス神話を超えていく、性の冒険者の系譜をたどることもできる。

**松浦の妥協**　しかし『親指P』のレズビアンたちのその後はというと、〈残念だけど、一夫一婦制には合理性があるみたい〉という映子の言葉が指し示す方向へ収束していく。それぞれの性の〈修行〉によって〈私自身の要求〉に目覚めたフラワー・ショーのメンバーたちは、男女一対の組み合わせの〈合理性〉に向かって、一実と映子のレズビアン関係も、一実の夫のピアニストのホモ・セクシュアル関係も卒業していく。だが、その一夫一婦制の〈合理性〉なるものについて、テクストは何も語らないまま終っている。

松浦が自分の最高傑作と自負する「ナチュラル・ウーマン」(87)でも、レズビアンたちはおなじように、さいごには異性愛に落ち着いていくのだ。さいしょに紹介した小倉千加子のいらだちは、おおむねそのあたりに関係していたと見てよい。小倉も松浦もその点の論議を回避し、お互いにあさっての方を向いて反目していた。また、生半な男性評論家たちからやけに松浦理英子が受けがよいのは、そのような異性愛への収束が彼らの〝男〟の深層を安堵させるからではないか。ジェンダー論がバッシングされている今日、多くの男たちは松浦の一夫一婦の提唱にしみじみと胸をなで下ろしていることだろう。

(文教大学教授)

注1　「幻の美人作家・松浦理英子『親指Pの修業時代』仰天ペニス小説―　今、六本木　青山ブックセンターで売れに売れている」「週刊文春」35(47)、93・12・9
2　小倉千加子「幼形成熟《ネオテニー》の復讐」(「文芸」冬季号、93)
3　インタビュー「親指Pの真実＊松浦理英子」聞き手　渡部直巳、(「文芸」春季号、94)
4　「週刊文春」36(5)、94・2・3
5　小倉千加子『セックス神話解体新書―性現象の深層を衝く』88、学陽書房

# もうひとつの〝目覚め〟

## ——小谷真理

松浦理英子『親指Pの修業時代』には、人間関係に隠蔽された権力関係を顕在化させるような、擬似男根が登場する。

しかも、女子大生の左足の親指がペニスになってしまうという、とても奇妙な設定なのだ。ひとつの解釈では、それはカフカやフィリップ・ロスでおなじみの〝変身〟という伝統的主題を扱った一変奏である。非現実が出現し、ありえないものが形をとって目に見えるようになってしまう幻想的事態。身体の一部分に起こったこの変貌とは何だろう。身体に呼び込まれた違和感とは。

たとえば、イギリスの女性作家リサ・タトルは〝ペットとモンスター〟というエッセイのなかで、かつて動植物と人間の間の変身物語は、〝なぜそうなってしまったか〟に焦点があてられていたが、他方、現代において、神話や童話に描かれた〝変身の物語〟は、〝どのように変身後の世界観に対応するか〟に興味の中心が移ってしまったと分析している。

では、『親指Pの修業時代』ではどうだったのか。

主人公の真野一美は、ある日、親友の杉沢遥子の死体を発見する。死因は自殺。ふたりは、ただ単に仲のよい友達だったというよりは、〈遥子の一美への思い入れと一美の無垢な受容性によって成り立つ仲〉（九頁）であった。遥子は高名な恋愛供給会社を設立した人物である。この組織は、売春と愛情関係との間の境界を故意に誤読することによって成立していたもので、杉浦遥子が死んだのはこの経営に疲れたからではないかと、一美は聞き手である小説家Mに説明する。

問題はその後だ。遥子の死後四九日たって、ようやく衝撃から徐々に解放されて穏やかな眠りを貪ったある朝、一美は不思議な夢を見る。自分の右足の親指がペニスに変身したという無邪気でユーモラスな性夢である。ところが、目覚めてみると、本当に彼女は右足の親指がペニスになっていたのである。

一美はこれを遥子の呪いではないかと考えもするが、実際のところ、なぜそのようなことが起きたのか。なぜ足の親指なのか。なぜペニスなのか、いっさいの説明は登場しない。

しかも、このペニスは生殖のための男性性器というよりは、性行為の快楽と人間関係性を問う装置として出現してきた。〝なぜか〟よりは〝どう使うか〟への簡単な発想の転換は、いかにも現実的だが、夢の世界から送り込まれたこの小さな違和感製造物は、やがては現実という世界観に容赦なく批判力を加え、その世界観そのものを根底からゆるがす契機となるのである。

親指Pのもたらした現実崩壊感覚は、まず一美とその同棲相手・平生正夫との関係性の破綻から始まる。正夫は一美の足の変貌に耐えられなくなる。

小説家Mは、一美の足のペニスをPと呼称する。ペニスからPへという記号の変化は、ペニスという実体が、ファロスという幻想の権力装置の象徴性と切っても切れない関係性に結ばれていることを知らしめる。一美にとって親指Pは、自己身体のなかのちっぽけな変化に過ぎなかったはずだった。ところが、その小さな違和感は、一美自身よりもまず、正夫の男性優位主義的権力関係に亀裂を生じさせるのだ。

たった一本の足の指がPと呼称される物体に変わっただけで、正夫と一美の間はぎくしゃくし始める。足の親指にとりついた夢のかけらは、なによりもそれが女性の〝足〟に取り憑くことによって、〝足〟をめぐる政治学を露わにするからだ。

そもそも〝足〟こそ現実的な権力関係を端的に示す隠喩である。足治療学のウイリアム・A・ロッシが、一九七六年の名著『エロチックな足―足と靴の文化誌』(筑摩書房、99)で論じたように、〝足〟とは直立二足歩行をする人間にとっては権威の象徴である。ロッシは近代文明を近代家族内部の人間関係性から克明に分析・考察したフロイト以降の精神分析の潮流で、その男性中心主義的思考の根幹として中心的な主役として徴用された〝男根〟という隠喩がいかに〝足〟という記号と連関しているかを明らかにしている。

親指Pはペニスそのものではないが、きわめてペニスに近いものである。生殖機能を剥奪されているようだが、性行為は代替できるという性質により、まずペニスという原型の権利を脅かす。このため、親指Pは、正夫をはっきりとした理由を認識させるまもなく不愉快にさせ、一美と正夫との非対称的権力関係を目に見えるようにさせていく。

つまり親指Pは、正夫の男根中心性とそれによってなり立つ男性中心主義の権力構造、そしてそれらによってささえられている現実感覚をゆるがせてしまうのだ。親指Pは、こうして現実感覚、この場合は日常意識が、なんらかのかたちで秩序立った性の権力構造と密接な関係性を持っていることを逆照射してやまない。正夫だけではなく、正夫と正夫の友人の間にあるホモソーシャルな関係性や、一美と悠子、正夫と一美、正夫と晴彦、春男と一美、チサトと一美の関係がどのような権力関係があったのかを顕在化させる装置となるのである。

ほんの小さな身体の変貌が、ふだんは見えなくなっているさまざまなものを目に見えるようにすること――

ふりかえってみれば、かつて松浦理英子は、初期短編〝肥満体恐怖症〟において、そのような主題にすでに挑んでいた。同作品は、〝肥満体〟という逸脱した身体像が〝自然〟と考えていた主人公の身体観をゆるがせ、主人公自ら、自分自身の身体を絡めとるさまざまな権力構造を発見していくプロセスを克明に記していた。主人公は母親を彷彿とさせるような肥満体を憎み、憎悪するためにのみひたすら肥満体の上級生たちに仕え、その鬱屈した気持ちを盗癖で解消しようとする。けれども、その肥満体恐怖の構造が解明されればされるほど、主人公はかえって肥満体に近付いていく。なぜなら、身体を緊縛する政治学に敏感になればなるほど、身体への拘束は解かれていくからだ。

女性の身体の一部の変貌劇は、このように現実の権力システムを目に見えるようにしながら、今度は従来の権力システムに回収されない関係性の可能性を模索し、これを幻視しようと試みる方向を模索し始める。具体的には、一美の前には視覚障害者の春志が登場し、親指Pは、一美と春志らの関係性を検証し始める。こうした新しい関係性の構築は、ひいては新しい世界（環境）の発見を招き寄せ、結果的に一美は、異形の人々から構成されるネットワークのなかに、参入させられることになる。

この異形の人々は、フリークショーを営む芸能集団で、彼らは、つねに同類を捜し出そうとして目を光らせている集団だった。逆をいえば、異形のネットワークは正常人たちからは通常隠されているが、実はそこここにアンテナが張り巡らされており、一定の資格を有していれば、たやすく〝見る〟ことができるのだ。〝資格〟——そう、すなわち彼らを「見る」には、彼らの言説空間への認識論的〝視覚〟があるかどうかという〝資格〟が問われざるをえない。

接触してきた〝フラワー・ショー〟という見世物一座は、権力者たちに異形の性技を見せるという職能集団だった。団員は、すべて通常の性行為を逸脱する変態集団と言えるけれども、その変態性はすべて団員の肉体的逸脱性に起因している。ここで注目されるのは、松浦理英子が富岡幸一郎との対談〈畸型〉からのまなざし〟のなかで、身体障害を扱った作品が、性差や人種といった主題とならんで、既成の権力システムをいかに巧みに脱構築していくかについて指摘している部分だろう。

しかもこれらフリーク小説群の醍醐味は、〝見世物一座〟が登場し、フリークスたちが自ら自覚的に〝客体〟の位置をとることによって、むしろ〝見る〟／〝見られる〟という、強固な権力関係を揺るがせていくことにある。かくして、親指P出現後の関係性の再構築は、権力関係をあきらかにしつつ、そこに〝視覚〟という独特の感覚が関与していることを示唆するのである。

〝フラワーショー〟のメンバーは、各々その身体的過剰さ、あるいは欠損には一貫性は認められないけれども、共同体全体としては、逸脱者を語る侮蔑的なステレオタイプを凌駕し、その紋切型に嵌まらない生態を持っていることを互いに了解しあうことによって、一定のコンセンサスを樹立している。つまり、彼らは〝見られる〟位置に立つことがどういうことかを、非常によく理解しているのだ。

彼らは〝見る側〟の偏見を熟知し、〝見る側〟の欲望を平易に演ずることによって〝見る側〟の偏見を巧妙に操作する。いわば、舞台上の幻想世界と現実生活との差異によって、利益を得ている。このような〝フラワーショー〟の人々は、確かに男性中心主義の社会を逆手にとって泳いでいく女性のライフスタイルと共有しているだろう。そして、そのような構造こそ、一美をして〝親指Pの呪い〟をかけたのではないかと言わしめた杉沢遥子が生前経営していた〝恋愛供給会社〟と、構造を共有するものなのである。

遥子と死に別れたあと出現した親指P。一美の右足の親指に起きた小さな身体的変化は、従来の関係性を脱構築し、新しい関係性を構築しながら、主人公の生きている世界を変え、身体変化のきっかけへの再考をうながしている。

これはひとつの目覚めの物語ではないだろうか。不思議な呪いが、身体変貌をもたらし、現実に違和感を与え続け、しだいにそれまで見えなかったさまざまなできごとを錯視させるに至る、という。たったひとつと思われていた現実が、もうひとつの現実観を浮かび上がらせていくのだ。

ある朝目覚めると、真野一美の右足の親指がペニスに変身していた――それは明らかに、変身による不可視領域への目覚めを示していたのである。

（ＳＦ＆ファンタジー評論家）

# 『親指Pの修業時代』――物語と小説のあいだ――

杉山欣也

『親指Pの修業時代』は、ある日突然右足の親指がペニスのようなものに変化してしまった一実のたどる遍歴を彼女自身の視点から描いた物語を核としている。それは第1部・第2部に分かれ、四〇〇字詰原稿用紙でおよそ一二〇〇枚に達する長大な物語だ。

そして一実が語るこの物語は、自殺した親友・遙子を介して知り合ったMという小説家によって書かれた設定になっている。だから、小説としての『親指Pの修業時代』は前後にプロローグとエピローグの章が付いていて、一実が語る物語をMが語り手になる短い章で挟み込む枠組みをもっている。章の変わり目で語り手と聞き手の立場が急に逆転するため、はじめて『親指Pの修業時代』を読む読者はそこでちょっと不思議な感じに襲われることだろう。その感じはいってみればこの物語の扉のような役割を果たしており、

私は、この小説を書いた。

という一文で小説全体の枠が閉じられたとき、読者はきっとカタストロフ（浄化感）を得ることになるだろう。

さて、筆者はいま意図的に「物語」と「小説」という言葉を使い分けてみた。このエッセイでは、一実自身によって語られる一実の遍歴を「物語」と呼び、Mによって書かれたプロローグとエピローグを含んだ全体をM自身の呼び方に従って「小説」と呼ぶことにしたい。「物語」と「小説」という用語のちがいは文学理論のうえでは重要なテーマになっており、さまざまに議論されている。しかし、そういう研究上の解説はこのエッセイの目的ではない。ここでは『親指Pの修業時代』という作品に即して、一実の物語がMというちょっと冴えない小説家によって書かれたことによって生じる意味について考えてみたいのだ。

常識的に考えてMは頭文字だろうから、すぐにわたくしたちは『親指Pの修業時代』の作者・松浦理英子を思い浮かべてしまう。しかし、小説の中に小説を書く人物が登場する場合、それを真の作者と直結させないことはお約束になっている。なぜなら、M＝松浦理英子とすると、Mの登場人物としての価値が薄れてしまうからだ。小説に作者がいるのは当たり前のことだから、のこのこ作中に登場するには及ばない。そんなめんどうくさいことをするなら、プロローグとエピローグとを省いて一実の物語だけがわたくしたちに提示されていればよいわけである。真の作者である松浦理英子が、わざわざMというキャラクターを設定し、それが小説を書くという行為を末尾の一文にもってきたことにはそれなりの理由があると考えるべきなのだ。

そんな前提に立ったとき、一実の語る「物語」と、その書き手を引き受けたMの「小説」の示すメッセージは微妙に異なる可能性がある。一実がMに語った「物語」を、Mは自分の尺度で聞き違え、あるいは恣意的にねじ曲げて「小説」化した可能性があるのではないか。そんな可能性を考えておくことは、「小説」としての『親指Pの修業時代』をより深く味わうために重要なことのように思う。

そもそも、Mは一実の「物語」の聞き手としていささか心許ないところがある。プロローグでMは一実の受け答えを〈無邪気なのか鈍感なのか判断しがたい調子〉と揶揄している。ところが第1部のCHAPTER 1で一実は〈さっきMは私を鈍感だと言ったが、M自身だって随分鈍感ではないか。〉とMをみている。自殺した遙子の真意が一実に分からないのと同様に、Mも親指ペニスとそれを所有する一実の気持ちに対してまったく無理解なことがさらけ出されているわけで、ここで見る側と見られる側の関係は逆転してしまう。この箇所、「小説」を書くMが必ずしも一実の忠実な代弁者ではないことを暗示しているとは考えられないだろうか。

一実の「物語」が指し示すメッセージは比較的簡単に読みとることができるだろう。それは、「親指ペニスとはなにか」(「早稲田文学」94・3、文庫版『親指Pの修業時代』所収)で松浦が語った、

形式的には、これは、一人の真野一実という、無垢で純粋で堅い、もしかしたら鈍感と呼ばれるかも知れないような無垢な女性が、親指ペニスを持つことによって、信じ込まされてきた手垢に塗れた性の通念が本当に通念に過ぎないということを知って行って、自分なりに通念に囚われずに性愛観を発展させていく、という形式の小説

この小説は性器中心的性愛観に対する批判

といった発言で説明することができる。『親指Pの修業時代』が発表されて以来、さまざまな作家や評論家によって論評が加えられてきたが、それらもこの発言の示す方向を大きく逸脱するものではない。

だが、この自作解説にはもうひとつの力点がある。それは、脱中心化への指向とでもいうべきものだ。右のよ

うな発言だけをみると、わたくしたちは一実の物語が松浦理英子による性愛の教科書のような印象を受けてしまうが、松浦はそういう誤解を生まないよう細心の注意を払った、とくりかえし述べている。

ドグマティック（「独断的」「教条的」と訳される）な男は女性の本質を女性器とみなし、女を獲得することを女性器の獲得と同様に考えてしまう。こうした固定観念を「男根中心主義」と呼ぶが、その轍を踏まないために、この小説のなかでは〈女性器とすり替えられるような真実を提示〉することを極力避けたと松浦はいう。さらに、小説を書き進めていくときも〈一貫した疑問を追求して行くことによって、最後に何らかの真実を見出す〉形式をもつ小説（ビルドゥングス・ロマン＝「成長小説」と呼ばれる）にならないよう、細心の注意を払っていると述べている。だから、一実の「物語」だけに焦点を当て、そこに教訓を読みとろうとする読者は、この「小説」のもつ豊かな世界を一面的にしか理解していないことになってしまう。そのような発言をふまえると、Mが書いた「小説」という枠組みは、一実の「物語」を相対化するクッションのような役割を果たしていると考えることができるだろう。

そのようなつもりで小説家Mについて考え直すと、ほかにもさまざまな謎があることに気づく。たとえば、頭文字をめぐって。はじめて親指ペニスと対面したMは、それを「P」と頭文字で呼ぶ。呼ばれた一実が〈何となく調子が狂って相槌を打ちそこね〉てしまう、奇妙な隠語だ。この呼び名、物語の内部では男根中心主義の権化のような宇田川が蔑称として使っている。エピローグでMはちゃんと「親指ペニス」と呼んでいるので、宇田川の存在を通してMもその非を悟ったのかと思えば、彼女がこの「小説」に付けたタイトルは『親指Pの修業時代』なのだ。

この頭文字についてはさらに疑問がある。Mは自分を「M」という頭文字で呼ぶ。一実とMとは遙子を通じて旧知の仲なのだから、実際には一実はMを本名で呼んだことだろう。しかし、Mはその言葉を書き換え、自分で自分を「M」と記しているのである。夏目漱石「こころ」で遺書を書く先生は自分の親友を「K」と記している。ところがそれを読んだ「私」は自分が先生を語るとき〈よそよそしい頭文字などはとても使う気にならない。〉と記す。この「P」や「M」といった呼び方にも「こころ」に似た微妙な批評性が感じられないだろうか。こんなところにも、この小説の構造上の謎が隠されているようだ。

さらに疑問を。一実が最終的に選択するパートナーは盲目のミュージシャン・春志である。なぜ官能のもっとも深いところでふれあった映子でなく春志なのか、という謎も残るが、それ以前に春志の設定に無理が多いと感じる読者は多いだろう。一実が宇田川に殴られたとき、あおりを食って倒れた春志が後頭部を打ち、目の光を取り戻すというエンディングはあまりにご都合主義的な解決で、一実の足にペニスが生える設定以上にリアリティがない。

もちろん、この物語はファンタジーなのだからそれでよい、という考えもあるだろう。しかし筆者が疑問に思うのは、視力を回復した春志が、果たして一実が選択した春志のままでいられるのだろうか、ということだ。それまで春志は見られることはあれ、見る立場にはなかった。しかし、春志が見る立場を獲得するということは、男が女に向ける暴力的なまなざしを図らずも得てしまうことになる。筆者が春志の将来を不安に思うのは、彼が視覚によって性的欲望を得るようになることで、女性器への結合を最終目標に置く、男根中心主義的な性行為にめざめてしまうのではないか、ということである。さきほど一実とMについて述べたときみたように、見る者と見られる者の食い違いの構図も、この小説にはすでに描かれている。一実の親指ペニスは「小説」が閉じられたのちも右足の先にあるはずなのだから、見る立場に立った春志とのあいだに新たな葛藤が生じる可能性は想像してよいことだろう。そう考えると、ハッピーエンド以降の後日談を省筆し、「小説」の体裁を整えたMの省筆もなかなかに巧みということになる。

一実の「物語」はMの存在によって謎をたっぷりを含んだ魅力的な「小説」となっている。このエッセイではMの存在を視点に『親指Pの修業時代』の読み方の可能性を探ってみたが、まだまださまざまな角度から読まれる余地を残した作品であることはまちがいないだろう。

（筑波大学非常勤講師）

# 『親指Pの修業時代』――「性的奇形」としての男根主義――

深津謙一郎

ある日突然、親指ペニスを具備してしまったひとりの女性――真野一実が、さまざまな遍歴を重ねながら、支配的な性愛の規範の呪縛を浮き彫りにしていく。その過程をあえて単純化するなら、「性器中心主義」からの解放と皮膚感覚的な快楽の発見というかたちをとるだろう。『親指Pの修業時代』は、そうした物語として、比較的かっちりと構造化されている。

ところで男性の側からすれば、ここで言う「性器中心主義」――性器結合に収斂する性愛の快楽は、ペニスによる《支配》という物語が付随してはじめて充足されるのではないか。換言するなら、性器結合時のペニスの屹立は、性器同士の接触による即物的刺激（のみ）に起因するのでは、おそらくない。登場人物中、もっとも〈ノーマルな〉性規範に従う男性――一実の最初のパートナーである正夫が示すフェラチオへの偏愛が、それを雄弁に語っている。たとえば正夫が、一実に対して〈汚い物なのに口に含んでもらえるから、愛されてると感じ〉、ゆえに〈フェラチオしてもらうのは好きだ〉と打ち明けるとき、彼が言外に求めているのは、口唇の刺激がペニスにもたらす即物的快楽（のみ）ではない。そうではなく、自分の〈汚い物〉を咥えるパートナーの従属を視認することで、彼女を支配する快楽をこそ、彼は第一義に求めているのである。つまりペニス（を咥えさせること）には、支配のシンボルという過剰な物語が付着しているのであり（したがって正夫は、一実の親指ペニスをけっして咥えない）、これがペニス（支配）とヴァギナ（従属）を特権化した非対称的な性愛の権力関係を再生産している。

そしてこのように、ペニスを支配のシンボルとして観念的に屹立させる思考を男根主義と呼ぶなら、『親指Pの修業時代』は、男根主義（という性規範の呪縛）について洞察を促す優れたテキストなのである。以下この点を駆け足で素描するが、考察の糸口となるのは、あるひとりの登場人物――保である。森岡正博は、〈この保という人物の創造に成功したことで、本書は文学史上にいつまでも記憶されるはずである〉と述べているが（「図書新聞」二一八〇号、94・1・1）、これは大袈裟な言辞ではない。保の〈性的奇形〉は、男根主義の呪縛の見事な形象だからである。

※

あらかじめ確認しておくと、保の〈性的奇形〉は、彼の先天的な身体障害に根ざすものとして設定されていた。すなわち、保の腹のなかには脳のない弟の慎がいて、保の下半身から慎のペニスが突き出る代わりに、自分のペニスは先端を残して体内に没している。この保の下半身で勃起する慎のペニスを使って、パートナーの映子と性行為を行うことが、見世物一座〈フラワー・ショー〉における彼の出し物であった。保のペニスも慎もペニスも、どちらも性器結合の即物的快楽を得ていないところに、この出し物の売りがある（慎には快楽を感じる脳がない）。

しかし保の場合は、じつはペニスの快楽から疎外されているわけではなかった。保自身の言をかりるなら、彼は〈完全なペニスの快楽を感じることはできないけど〉、〈頭でイメージして生まれる快楽〉には耽ることができる。それはたとえば、跪いた映子に慎の血塗れペニスを咥えさせることで、あるいは、映子に別の男と彼の眼前で性交させることで充足される類の快楽を指している。保が快楽を感じる（という）彼の〈想像上のペニス〉は、映子を《支配》する——映子の従属を視認することで屹立するのである。

そうした保の男根主義は、小説の終盤、〈フラワー・ショー〉支配を企むもうひとりの男根主義者——脚本家・宇多川の〈男根奪回〉劇とあいまって最高潮に達するだろう。悪化した映子との関係修復を図る保は、そもそもの元凶である（と彼が考える）性器結合への執着を断つために、〈男根奪回〉劇の舞台上、自ら慎のペニスを切り落とすと宣言するのである。これに対し、映子を除く〈フラワー・ショー〉のメンバーは、翻意を促すべく保への説得を繰り返すが、ペニス切断への意味づけを追認するこうした反応自体が、すでに保の男根主義の術中にはまっている。つまり保は、慎のペニスで他者を支配しようとするのであり、だから彼の〈去勢〉宣言は、男根主義からの訣別などではまったくない。ことの真相はむしろ、慎のペニス切断により映子に負い目を負わせ、その負い目につけこんで衰弱した支配を強化する起死回生の〈男根奪回〉劇ではなかったか。その場合、支配のシンボルが〈不在〉として現前することで、映子との支配—従属関係は永遠に固定化するだろう。不在のペニスは、現実の慎のペニスのような勃起不全には陥らないからである。

〈悪役〉（宇多川）に対する〈フラワー・ショー〉の反乱という、小説終盤に前景化される対立を言わば〈ダミー〉として進行する保のこの〈男根奪回〉劇は、しかし興味深いことに、映子の思わぬ反応によって別のかたちに置き換えられる。その結果、慎のペニスは切り落とされず、保と映子の関係も元の鞘に納まる（かに見える）。これをハッピー・エンドと捉えるなら、それは宇多川が揶揄するような、〈女学生趣味〉の次元においてでは、もちろんない。映子の反応は、〈女学生趣味〉よりいっそうラディカルに、保の男根主義に亀裂を入れるからである。具体的には、舞台上彼女が保に囁いた、〈あなたが慎を去勢してもしなくてもずっとつき合う〉という言葉がその決定打となる。この言葉は、今後のふたりの関係性がペニスに関わりなく結ばれる可能性を示唆することで、ペニスを切り札に映子を支配しようとする保の思惑を骨抜きにするのである。

じっさい、その効果ははやくも、芝居の段取りを無視した保の意外な行為として表れるだろう。保は映子に、慎ではなく自分のペニスを挿入しようとするのである。この行為は、それだけを取り出してみると、依然として保の、性器結合への拘泥を物語るように見えるかもしれない。しかし上述したように、性器結合の快楽は、じつは脳の快楽に起因するのであった。こうした点から考えるなら、先端を残し、大部分は体内に没した保の〈貧弱な〉ペニスは、先端部への即物的な刺激で快楽を得たとしても、《支配》のシンボルとして観念的に屹立することは、もはやない。だからその意外な行為によって保は、《支配》という物語を剥ぎ取られたたんなるペニスと直面したはずである。そして、かりに彼がそこで何がしかの快楽を感じうるのだとすれば、それは過剰な物語を一切排した、ペニスそれ自体の快楽でなければならない。〈男根奪回〉に失敗した保は、それにより、べつのかたちの快楽を〈奪回〉するのである。

そもそも、保という特異な人物設定は、彼をとらえる男根主義が、《支配》の物語への自己疎外、すなわち、ペニスそれ自体の快楽からの疎外にほかならない、ということのシンボルではなかったか。保の「性的奇形」は、先天的な身体障害の結果ではなく、そのような二重の疎外の結果なのである。いっぽう宇多川は、そうした内実を伴う保の男根奪回劇の顛末を、〈女学生趣味〉に回収することで、事態を完全に見誤る。なるほど彼の劇自体は、保の意外な行為によっても崩壊しなかった。しかし逆に言えば、それによって彼は自らの危機的状況を洞察する機会を掴み損ねているのである。すなわち彼自身こそ、かつて保が象徴していた二重の疎外――「性的奇形」を生きている当の本人である、ということを。

（共立女子大学・明治大学非常勤講師）

# 『裏ヴァージョン』――靄の中の真実――安藤貴子

ある女性が友達に部屋を貸していて、その友達は月に一度、家賃代わりに短編小説を書く。『裏ヴァージョン』は、簡単に言えばそれだけの話だ。けれど、その、それだけの話である設定が、十数編の短編小説を十数通の手紙に変え、作者と読者を友人に変えていく。そして、それは小説の中の小説という、私達からはあまりにもかけ離れた場所にあるいくつかの物語を、かえって身近に引き寄せている。読み終えた時に、二人の住む家がすぐ近所にあるかのように思える、そういった感覚はいったいどこからくるのだろうか。

〈第一話　オコジョ〉には、一人の男と飼い猫の血みどろの争いが描かれる。描写は残酷でしかも細かい所まで丁寧である。まるでホラー小説のようだ、と私達は思う。すると、突如〈第一話　オコジョ〉の一読者が現れ、言う。〈何なの、これは？　誰がホラー小説を書けって言った？〉

〈第二話　マグノリア〉では、一転して、白人女性と黒人男性の間に産まれた女性の劇的な半生が描かれる。だが、これにも一読者が文句をつける。〈アフリカン・アメリカンでもないくせにこんなもの書いちゃって〉。私達は、『裏ヴァージョン』の中の小説が、たった一人の読者を想定して書かれたものである事に気付く。お互いの事をよく知り合った《作者》と《読者》の間で交わされる物語を私達は覗き見しているのだ。《作者》と《読者》は、小説を挟んで、会話をしている。まるで小説が相手に何かを伝える手紙であるかのようだ。実際、その通りなのである。これらの小説は、作中の二人にとって小説以上の意味を持っている。だが、そうである事は感じつつも、具体的にどんな意味をもっているのか、私達にはまだわからない。だから、私達は、純粋に小説としてそれを読む。

小説であるという事は、そこに、私達の住む世界との一線が引かれるという事でもある。映画でもテレビでも同様、つくりものであるという事は、どんなに現実に近くても、結局は私達とは無関係な世界だし、二つの世界が混ざり合わないというのが、大前提だ。そして、混ざり合わないからこそ、そこにリアルを求めたり、真実を求めたりもする。そのリアルや真実は、直接私達に突きつけられているリアルや真実とは別の物だ。だから安心して見ていられる。『裏ヴァージョン』に真実を求めるなら、この《読者》と《作者》がいったいどんな人物なのか、という事になるだろう。二人が交わしているのは、小説だ。そこに、二人に関する真実は見つけられない。だからこそ、小説以外の部分で交わされる二人のやりとりに、私達は真実を探してしまう。

しかし、章が進むにつれて、真実は、ぼやけて薄れていく。第七章のタイトルは〈質問状〉で、《読者》と《作者》の言い分が交互に書かれる。けれど、この受け答えは、おそらくもともとは質問は質問として、答えは答えとして記されたものである。とすると、『裏ヴァージョン』には、《作者》と《読者》の他にもう一人、全ての手紙を最後に並べ替えている誰かがいる事になる。そして、その誰かは、明らかに私達を意識している。『裏ヴァージョン』の世界の真実を把握しながら、直接私達には何も教えてはくれない。ただ、手紙を並べ、時折読みやすいように細工をする。その存在が、私達に居心地の悪さを感じさせる。

そんな中『裏ヴァージョン』内の《読者》も、変化する小説の内容に時折、いらだちを隠せないでいる。どうやら、《読者》の過去のエピソードがそのまま作品に使われる事もあったようで、〈また人のことを作品に出して〉などとこぼす。中でも、もっとも《読者》と私達を共に混乱させるのは、第十二章以降の小説外の部分だ。《読者》が、〈これは一捻りした私小説なんですか?〉とたずねた後に、〈だけど、あなたの名前は朱鷺子なんて優美な名前じゃなくって昌子でしょ。〉と付け加える。すると、《作者》からの返事は、名前の事を気にするよりもこれらの小説が〈もしかすると別人が書いているのかも知れないし、何かから丸写ししてるのかも〉しれないという事を疑ってみろというものだ。《作者》は最後に〈磯子ちゃん〉と呼びかける。対して、《読者》は〈誰が磯子なのよ、くだらない。〉と返す。《作者》は更に〈磯子じゃないならあなたは誰なの?〉

私達は、『裏ヴァージョン』の中に描かれる一組の《作者》と《読者》の名前も実はそのまま信じる事はできない。それを知っているはずの第三者も、決して真実を明かさない。続いていくやりとりによって《読者》と《作者》の関係が一層明らかになっていくにも関わらず、私達にとって二人はいつまでも薄い靄がかかった向こう側にいるかのように感じる事しかできないのだ。

それだけなら、『裏ヴァージョン』は、靄の中で二人の人物が会話を交わしているだけの作品である。しかし、前述したように、この作品はなぜか私達の身近にある。その理由は、十二章〈第十話　トキコ〉に現れている。〈第十話　トキコ〉は、『ポケットモンスター』にはまる朱鷺子という女性の物語である。朱鷺子は、ゲームの主人公に〈トキコ〉という名前をつけている。〈架空世界の住人にふさわしい片仮名の名前〉だ。ゲームの世界を動き回る〈トキコ〉は、ゲームでは味わえない〈草の葉に溜まった夜露〉まで、しっかりと感じている。木に隠れたポケモンを取る時も同様だ。実際には、全てが小さなソフトの中のプログラムにすぎない。木の形に設定されたグラフィックの横で、ボタンを押す事で一定の確率でポケモンが現れてくる。だが、朱鷺子は、そこに〈トキコ〉としての物語を作り出す。それが終わると、朱鷺子は今度は朱鷺子が住む世界へと〈トキコ〉を放つ。ここでの〈トキコ〉はさきほどとは正反対だ。日常生活や過去、様々な感情に彩られているはずの部屋を全て、プログラムされた世界を見るかのように捉えていく。この作品を読んだ《読者》が、〈私小説〉かと尋ねた事からも、ここで描かれる家は、《読者》の家と酷似しているようだ。この家には、《作者》が間借りしているので、ここが唯一二人に共通した空間だといえるだろう。さきほど少し触れた二人のやりとりからもわかるように、この二人の関係は、どこか屈折していて、お互いを誉め合ったり楽しく笑い合ったりする事に何の価値も見出していないように見える。それが一つのポーズなのか、それとも本心なのか、そこまでは私達には知る事ができない。しかし、〈第十話　トキコ〉の末尾。〈家主が死んだ時にまだ朱鷺子が生きていれば、朱鷺子はもう一度トキコをこの家に解き放つだろう。その時、トキコはアイテムを見つけることができるかどうか〉。ここには、わずかに、この家の中で、ゲームの〈アイテム〉という無機質な響きを持たせながらも、大切なものを探している《作者》の姿が垣間見える。

現実をいったん通過したゲーム／ゲームをいったん通過した現実。そこに、トキコを通して《作者》の隠されている真実が見え隠れするのだとしたら、『裏ヴァージョン』における小説をいったん通過した手紙／手紙をいったん通過した小説には、《作者》と《読者》の真実を通して、それを読む私達の世界の真実を見つける事もできるのかもしれない。フィルターを通すということ、それは、真実を隠しているのではなく、明らかにするための一つの方法なのだろう。

（白百合女子大学大学院生）

# 『裏ヴァージョン』——畸形と変形への欲望——

高橋秀太郎

松浦理英子は、自分の作品に登場する中心人物たちの位置を〈中間性ではなく畸形性だ〉と見ている（河出文庫版『セバスチャン』あとがきの対談）。たとえばそれは「親指P」や「肥満体」など、〈肉体〉の〈過剰〉や〈障害〉として表現され、ものとものとの〈差異〉を際立たせていくだろうし、またそれは特権的な登場人物たちに共通する〈感性〉の〈過剰〉〈倒錯〉として表現され、〈一対一の濃密な関係〉（「性愛から友愛へ——『裏ヴァージョン』をめぐって」「文学界」01・12）を形作っていく。そしてさらに過剰な肉体や感性といった畸形性が築き上げる〈濃密な関係〉それ自体も、まわりから異様で異常なものとして理解され、時には排除されようとすることで、それ自体畸形として位置づけられていくはずである。松浦理英子の小説における畸形〈性〉とは、この作家が多く描き出してきた一対一の〈関係〉の持つ固有の生々しさそのものであり、同時にその生々しさをつくり出していく装置であるように思われる。

ところで、松浦は自身の小説の書き方について、〈真実〉を〈混沌〉として表現するため〈虚構の上にもうひとつ虚構を重ねるようなやり方で〉〈自分に見えた光景の生々しさを保ちながらも、それを変形〉し〈腐蝕〉し〈濃縮する〉（「作品をいじるより作品にいじられるために」『彼女たちは小説を書く』メタローグ、01・3所収にある松浦発言）と語っている。こうした小説の方法こそが、松浦作品の〈畸形性〉を生み出してきたと思われるのだが、『裏ヴァージョン』は、〈畸形性〉についての可能性の探求が、小説そのものを使って行われたと見ることが出来るようなのである。以下実際に作品に分け入りながらそのことを確認し、この作品における畸形性の行方を見定めてみたい。

『裏ヴァージョン』は、全部で十八章あるのだが、各章はそれぞれ、昌子と呼ばれる人物が家賃代わりに書いた小説とその家主で同居人らしい鈴子による短い批評、鈴子からの質問・詰問文とそれに対する昌子の答・答弁、昌子からの難詰とそれに対する鈴子の応戦から成り立っている。〈古典的な小説とは別の様式〉（前掲「作品をいじるより作品にいじられるために」）をとり、また昌子の書く小説を様々な文体で書いていくことを初めからもくろんだと作者自身が語っているのだが、この方法がそれほど目新しいものでもなく、〈遊び〉であると自覚しながら、なぜこうした手法を用いたのだろうか。松浦は昌子が書いた小説の中に私小説があることにふれて、そこに私小説への〈敬意とパロディ意識〉があったと発言している。こうした手法へのこだわりは、〈古典的小説〉に対する批判・対立ではもちろんなく、あえて言えば自身の小説それ自体を一つの畸形たらしめようとした試みと言えるのではないだろうか。作品中二人（昌子・鈴子）の言葉は太字と細字ではっきりと区別されているのだが、実は二人の位置が交換可能であったり、あるいは一人二役で書いているように読むことも可能である（らしい）。話しているのは誰なのか、という言葉の起源〈真実〉への問いを〈混乱〉させ（中村三春「フィクションとメタフィクション」「国文学」93・11）、そこに〈混沌〉をつくり出すこと。確かにこの作品全体の形式の多様性は〈過剰〉な解釈を誘発しよう。それゆえフロッピーに書き込まれたらしい個々の内容には、ここが核心であり、唯一の真実であると名指しうる場所など存在しないように見える。だがそれを書く目的ははっきりとしている。続いて小説の内容と畸形の問題について考えてみたい。

昌子が書く〈トリスティーン〉という題名の付された小説には、同性愛（レズビアン）やサド＝マゾヒズムなどの志向を持った人物たちの様々な人間模様が描かれており、それは例えば第三話に登場するメイベルのような穏健な性的志向を持った人物には想像も出来ない倒錯の世界でもあった。こうした性的志向を持った人物同士の〈関係〉は、松浦理英子のそれまでの作品のほぼすべてに〈畸形（性）〉として登場し、その作品の中心に置かれていたのだが、『裏ヴァージョン』では小説の中の小説の一つのまとまりという扱いである。昌子の書く小説には、その他に、同性愛（男の子同士の）にあこがれ、興味を惹かれながら、異性愛にも取り巻かれていたらしい、昌子と鈴子の小・中・高校・OL時代が反映されている小説、同性愛や異性愛に同じような興味を抱きつつ高校時代を送った同級生との同窓会の場面なども書かれている。私小説的な体裁を一応は採っているこれらの小説群に書かれている内容には、確かに〈私〉の真実を見いだそうとする読み方をむしろ混乱させようとする要素が多くばらまかれているのだが、ここで見ておきたいのは、この〈私〉小説群に濃厚に読みとることの出来るノスタルジーについてである。『裏ヴァージョン』内の小説はフロッピーに打ち込まれているという設定であり、それゆえ先に挙げた〈トリスティーン〉小説群も私小説風の小説群も、それを書いたはずのいま・ここから切り離された場所に書き込まれ保存されたものであるということになる。これは〈虚構の上にもうひとつ虚構を重ねる〉方法として見ることができよう。フロッピーの中には、虚構のいま・ここととは違う、異世界が構築される。そのフロッピーを読む作業とは、いま・こことあの場所（異世界・記憶の中の場所）との距離をフロッピーを介してその都度確認する作業になるはずである。いわばフロッピーに閉じ込められるような形で異世界が構築され、それがノスタルジーを生み出すもととなる。ところで、こうした『裏ヴァージョン』内の小説における距離とノスタルジーの構築・生成は、二人の変形の欲望に促されたものである点に注目したい。フロッピーに書かれた小説を通して、昌子と鈴子はあの頃からお互い変わったか、変わってないかを繰り返し探りあい、そのやりとりで互いが互いをなんとか変えようとしている。昌子は小説の中で懐かしのあの頃とあの話題を繰り返し取り上げ、忘れちゃったのと語りかける。鈴子は小説家になることに挫折して以来無気力な昌子をあの頃の〈いい笑顔〉に戻すべく、同居を申し入れ小説を書かせている。つまりこの『裏ヴァージョン』内の小説とは、互いが互いを（そして自分を？）変えるための小道具として使用されているのである。小説（フロッピー）を挟んで相手をなんとかして変形したいと考える地点でこそ二人は対等に組みあい、向かいあうことになる。その二人がそもそもどこにいるのかを問うことは、先にも述べたように不可能だろうが、昌子と鈴子（太字と細字）の変形の欲望こそがこの小説全体を動かしていたことは確かに確認できるのではないだろうか。

最終章において、鈴子は、昌子との〈深い交わり〉について、〈不毛な営み〉と憐れまれるようなものと自覚しながら〈昌子が帰って来たら、私たちはまた始める、私たちの共作共演のゲームを〉と宣言する。小説によって互いを変形しようとする自分たちの終わり無き〈関係〉を〈不毛〉と位置づけるこの発言から読みとるべきなのは、〈畸形性〉への飽くなき志向ではないだろうか。畸形と変形への志向・欲望が、形式と内容を縫い合わせた形で示されていくこの作品は、松浦理英子がつねに書こうとしてきた〈一対一の濃密な関係〉、すなわち〈畸形〉が生成する現場の〈混沌〉を描くことにこそ狙いがあったように思われる。『裏ヴァージョン』とは、〈畸形〉そのものよりも、終わることの無い畸形と変形への欲望それ自体を作品化しようとする試みゆえにつけられた題名であったのかもしれない。

（東北大学大学院生）

# 『裏ヴァージョン』——フロッピー・ディスクからは発見されえない手記——

鳥羽耕史

稲葉真弓は、この小説が「フロッピー・ディスクの中の密室」で展開されていると評している（「群像」01・1）。密室とは、フロッピーの中の文章でやりとりされた形式をとるこの小説の空間が、インターネットという「開かれた場」に繋がろうとする志向を持たないことの謂であるが、実はこの密室にはトリックがある。書評を概観した限り、このトリックは指摘されていないようなので、今のところ完全犯罪の様相を呈している。このトリックを明らかにするために、まずはフロッピー・ディスクの歴史をひもとくことからはじめてみたい。

フロッピー・ディスクは、一九七二年、IBMによって開発された。磁性体を塗られた薄いプラスチックのディスクは、それをおさめる紙ジャケットごとよくしなったため、へなへな《フロッピー》ディスクと呼ばれた。当初は八インチだったディスクは、一九七六年に五・二五インチが開発されると大幅に普及を始め、それまでのカセットテープなどに代ってパソコン記憶媒体の主流となった。一九八一年にはソニーが三・五インチのプラスチック・ジャケット入りフロッピーを開発、一九八四年、これを最初に搭載したのがアップルコンピュータの初代マッキントッシュであった。初めてへなへな《フロッピー》ではなくなったこのディスクは徐々にシェアを拡大し、一九九〇年代以降は「フロッピー」と言えばこのサイズを指すようになった。もちろんこうした変化は必ずしも直線的なものではない。マッキントッシュ登場と同じ年、日本で最初にワープロを使って書かれた小説『方舟さくら丸』が出版されたが、安部公房がこの執筆以来一九九三年の死に至るまで愛用したのは、八インチのフロッピー二枚を使うNECのNWP-10Nというワープロ専用機であった。

フロッピーの容量は初期の四〇〇〜八〇〇キロバイトから一・四四メガバイトにまで増えたが、一九九〇年代以降、コンピュータで扱うデータの大容量化やインターネットの普及により、日常的なデータのやりとりやバックアップにも容量不足となる場面が増えてきた。そこで普及してきたのがMOやCD-Rなどの大容量メディアであり、百倍から五百倍ほどの容量を持つそれらのメディアに押されて、フロッピーの役割は限定的なものになってきた。そうした流れが明確になってきた時期、一九九八年に登場したのが、フロッピードライブを持たない初めてのパソコンであるiMacであった。初代のiMacにはCD-Rも搭載されておらず、データ交換はインターネットを通じてのみ行うというネット端末に特化した設計思想は、評判を呼んだその外観と並んで斬新なものだった。三・五インチフロッピーを初めて採用したアップルコンピュータは、それを外すことにおいても先鞭をつけたわけである。

一九九九年二月から二〇〇〇年七月の連載において、一九九九年一一月発売の『ポケットモンスター』金銀ヴァージョンが登場するこの小説は、ほぼ同時代の世界で書かれた設定を持っており、小説作者と読者の間で交換されるフロッピーは三・五インチということになろう。ところで11の「詰問状・第二弾」には、次のようなやりとりがある。

詰問12　詰問でもないけれど、旧来の出版というかたちではなく、インターネットで作品を発表するという方法についてはどう思う?

答弁12　インターネットってどうすれば繋げるの?　あなたからもらったこのパソコン、電話の差し込み口に接続してみたけど、全然繋がらなかった。あなたの使ってるアイマックとかいう機種なら繋げるの？

答弁をしている小説作者の〈パソコン〉は不明だが、読者側はアイマックを使っているとされており、さらに詰問状の最後には読者側から〈アイマックじゃなくてｉＭａｃって表記するの！〉というコメントまで加えられている。14や15の末尾には、読者側の文字が大きくなっている部分があり、16冒頭で〈ああ、もう、十八ポイントでわめかないでよ、うるさい〉という応答がなされるので、フロッピーのやりとりはテキストファイルではあり得ない。作者のノートパソコンもアップルコンピュータのもので同じワープロソフトを使っているか、パソコンはウィンドウズだが互換性のあるＭＳワードなどのソフトを使っているかのどちらかで、フロッピーを交換しているということになりそうだ。だが、どうやって？

テクストには書かれていないがｉＭａｃに外付のフロッピードライブを付けているのだ、という解決策もあり得ないことはない。しかしその解決はエレガントではないし、読者に手がかりが明示されていないのでフェアでないだろう。問題は、表記にまでこだわってフロッピー交換のできないコンピュータであることを強調していることなのだ。

この小説における作者と読者については他にも謎が多い。最初ステファニー・クイーンを名乗った作者は２以降匿名となり、主人公の名をタイトルに冠した小説を書き継いでいくが、９のジュンタカから徐々に、自身や友人であり家主でもある読者をモデルにして書くようになっていく。自身をトキコまたは朱鷺子、友人を千代子、磯子、家主などと名付けて小説に登場させるが、実際の名前は作者が昌子、読者が鈴子であり、最後には昌子が家出をしたと判明するような仕掛けになっている。しかし、本当にそう言いきれるのだろうか。その間には外側の作者・松浦理英子が介入したかのようなＡＮＯＮＹＭＯＵＳの15が挟まってくるし、13では〈毎月渡してる小説をほんとうにこのわたし、昌子が書いているのかどうかってことを、気にしてみたら?〉という挑発もなされる。そういう目で見直してみた場合、例えば3のメイベルのエピソードに出てくる〈匿名リメーラー経由〉で差出人を隠したメールが届くという設定など、インターネットの繋ぎ方もわからない昌子のメディア・リテラシーで書けるとは思えない、といった問題も目に付いてくる。

断片的に提示される個々のテクストの作者が誰なのか、という謎を差し出してくる点において、この小説は安部公房の『箱男』を想起させる。特に13末尾の〈誰が磯子なのよ、くだらない〉という読者側のコメントに対し、14冒頭で〈えっ、磯子じゃないならあなたは誰なの?〉とする応答には、『箱男』的サスペンスが張りつめている。このサスペンスが17での鈴子という本名の開示によって解消されたと見ると、密室は完成してしまう。しかしiMacによるトリックは〈誰が磯子なのよ、くだらない〉というコメントを残したのが鈴子ではあり得ないことを示唆し、きれいに解決のついたはずの作者/読者をめぐる謎に再び揺さぶりをかける。フロッピーは昌子と誰かとの間で交換されていたのかもしれないし、あるいはメイベルの章を難なく書ける作者は、テクノロジー音痴の昌子を揶揄しながらその名をかたり、メールや掲示板で鈴子とのやりとりを楽しんでいるのかもしれない。いずれにせよ、この小説の空間はフロッピーを介した二人だけの密室にはなっていないのだ。

その意味で、17と18が別の結末を示しているのも、18の側にだけ収束させて読むべきではないだろう。〈これをいつか鈴子が読むことはあるのだろうか〉とされる17も、〈フロッピーには保存しないつもり〉の18も、共にとりあえずの結末であり、断片としてそれぞれに対等である。これらの豊かな断片をどのように再構成すれば一番面白い画像が現れるかについては後世の名探偵の登場を待つとして、密室トリックの指摘だけ済ませた素人探偵はそろそろ退場することとしたい。

（徳島大学助教授）

# 『裏ヴァージョン』――幻滅と夢想――森岡卓司

性行為は常に演技である。特に松浦理英子という作家にとっては。何も、松浦のテクストにたびたび登場する不感症の登場人物たちについてことさら言い立てたいわけではなく、あるいはしばしば周到な罠にかけられ不毛な姿をさらしてしまう哀れな男根たちの弁護をしたいわけでももちろんない。性器中心主義批判者を自認する松浦の手にかかれば、たかだか挿入と射精だけに性愛の真髄を見ようとする彼ら（／彼女ら）の性行為こそ、まさしく文化的な因習で塗り固められた演技としての側面を暴かれるだろう。

しかし、それにも関わらず、松浦のテクストに描かれる多くの性行為は、演技的な要素に充ち満ちている。

花世はままごとは御免だと言う。だから、私たちはそれぞれの志向を尊重し、また全く無理もしないで愉しく抱き合っているのだが、これがままごとでない保証はどこにもない。本当には好きでないことを好奇心だとか計算等からやるのを避けさえすれば、ままごとにならないですむというものでもないだろう。（中略）ままごとではない性行為がもしあるとしたら、快さの中にもっと険しさや不安定さが含まれているのではないか。

（「ナチュラル・ウーマン」87）

性器という象徴的に偽装された極点を失い、互いの〈尊重〉と〈険しさ〉との、あるいは〈無理〉のなさと〈不安定さ〉との間を、いつ果てるともなくゆれ動くこのような思考は、自他の全ての性的な行為について、そして恐らく行為のすべてについて、〈ままごとでない保証はどこにもない〉と疑いのまなざしを向けずにはおかない。

性的な相互のコミュニケーションを理想に近づけようと、不毛な努力を〈そうとわかりながら〉続けるこのロマンティックな自意識は、性行為を単なる挨拶や取引として割り切ることのできない我々全てに分有されるものだろう。〈末長くマスターベーションの題材として記憶に残るような性行為しかしたくない〉と断言する『裏ヴァージョン』(00)の昌子は、この意味での典型的な自意識家としてある。〈そこいらで拾ったろくにしりもしない人間との簡易セックスなどではとうてい満足できないという資質〉〈性への強い思い入れ〉という鈴子の冷徹な分析に従うならば、彼女の憂鬱は、演技を嫌悪する故に演技者である自分を意識する、という背理から抜け出せないところにあろう。そして鈴子自身も、同様の〈理想のコミュニケーション〉への志向、演技への嫌悪を共有している。

**もしも私が昌子に性的魅力を覚えるように生まれついていたら、そして昌子も私に性的魅力を感じてくれるふうだったら、私はさっさと昌子の恋人になり永続的な伴侶となっただろう。いや、性で結びつかなくてもいいのだ。昌子が私と一緒に暮らすことに心の底から満足していてくれるなら。**

(『裏ヴァージョン』)

この二人が取り交わす、互いの言葉の裏の裏を読みあうようなとげとげしいやりとりの中に、〈ままごと〉への疑いに絡め取られた自意識を発見することはたやすい。二人の結びつきの中核となる〈高校時代から二十代前半にかけての思い出〉は、逆に二人の気持ちのすれ違いを互いに確認するためだけに働き、このやりとりを設定した鈴子の真意自体、〈高校の運動部とかでよく〉ある〈無闇〉な〈説得〉、〈産毛がざわざわして来そうにハッピーな作り話〉と昌子に揶揄されもする。しかしそれと同時に、彼女らのやりとりは、二人の現実的な関係とその来歴そのものを直接的な題材として掘り下げる「私小説」へと、加速度的に傾斜する。疑惑と執着とが複雑に入り交じった関係性への固執は、その不毛さにおいて、ほとんど自意識の極北といってよい寒々しい姿を見せている。

そのような自意識家は、時として窮余の一策を採り出す。〈フランスの何とかいう思想家〉即ちジル・ドゥルーズに従うならば、サディズムが示すのは自我への苛烈な否定と理想への飽くなき探求であり、マゾヒズムが示すのは自我による現実へのほの暗い侮蔑と否認である。しかし、ドゥルーズの託宣を待つまでもなく、この小説の中で繰り返し語られるのは、サディスト的な幻滅から逃れようとして現実の解体というマゾヒスト的夢想を語り出す主人公たちの姿ではなかったか。

〈小説と現実との違い〉〈小説の作者と語り手との同一視〉〈作者の特定〉といったいささか古くさい議題を巡って交わされるやりとり、あるいは〈磯子〉〈朱鷺子〉〈千代子〉と幾多のヴァリエーションを持った名前の呼び変えの根底にある欲望は、この一編中の終局部近くに至って、次のように明かされる。

わたしはこの文章の中で鈴子を変形したい。わたしにとって都合のいいように。こうあってほしいと思う人物像に。（中略）わたしの希望はごく単純だ。鈴子とこの家で和気藹々と暮らしたい。お互いに相手に批判的な気持ちを抱いていてもかまわない。どこかにいくばくかの愛着心が残ってさえいれば。

（『裏ヴァージョン』）

**昌子を変えたかったわけではない。むしろ変えられるものなら昌子を取り巻く世界の方を変えたかった。私は世界を両手で粉々にすり潰し、それを見て微笑むあなたが見たい、ベイビー、ベイビー、ベイビー……。**

（『裏ヴァージョン』）

妄想家／現実主義者という全く対照的なこの二人が、にも関わらずこのやりとりを続けて来た理由は、このようないわば同一平面上のすれ違いにある。妄想家は現実の蹉跌に常に甘んじ、現実主義者の目線は常に理想の上をさまよう。そこでは、幻滅と夢想が常に表裏をなしている。

自らの老いを痛切に自覚する彼女ら二人には、互いの関わりが〈ままごと〉ではないと錯覚することも、どこかに〈ままごと〉ではない夢のような性関係が待っていると夢想することも既に許されていない。さらに、象徴的な絶頂を欠いた彼女らの演技には、終わりすら既にない。だからこそ、この〈共作共演のゲーム〉はフロッピーの中を抜け出してどこまでも続くことになるだろう。〈ここにいるわれわれはすでに空に書かれたテクストの中にいる〉。互いが突きつける現実／虚構双方の《裏ヴァージョン》こそ、二人の間で醸成される唯一のものである。

（山形短期大学講師）

# 『ポケット・フェティッシュ』を読む——伊藤高雄

『ポケット・フェティッシュ』は、一九九四年五月に白水社から出版された松浦理英子のエッセイ集である。主な発表先は、演劇雑誌「新劇」の一九九一年三月〜八月および十月・十二月、一九九二年三月（連載）で、その他美術雑誌「パザパ」一九八七年六月、「太陽」一九九一年六月、「朝日ジャーナル」一九九〇年十月十九日号、一九九一年三月八日号のほか、『アンリ・マッケローニ作品集』、『フェリス』（ホルスト・ヤンセン作品集）、『クラウス・ゲーハート写真集』などの解説からも採られている。

二〇〇〇年六月には、同じ出版社の白水Uブックスという新書版としても刊行されている。その「Uブックス版後書き」によれば、題名の「ポケット・フェティッシュ」とは、〈ポケット・ティッシュ〉と〈フェティッシュ〉をかけたもので、〈ささやかなものごとへの愛着〉くらいの意味であるという。

全体は、「絵本・いつか見た夢」を蝶番のようにして、前半と後半に分かれている。前半は、一枚のTシャツに描かれた図柄やパンダのぬいぐるみ、紙おむつのテレビコマーシャル、二十歳前後の可愛い女の子、A感覚、少年のマネキンの首の写真、幼年期の性の図版、パリの空気、劇画家池上遼一の春画、女囚映画などを題材にしながら、作者のささやかなものごとへの偏執的ともいえる愛着と反発が淡々と語られる。後半は、宮西計三の漫画、カルロ・モリノの修整を加えた女性ポラロイド写真、アンリ・マッケローニの女性器写真、ホルスト・ヤンセンの素描画、クラウス・ゲーハートの男性ヌード写真、女性写真家ベッティナ・ランスの女性ポートレート・ヌード写真など、画家や写真家の作品を紹介しながら非＝性器的な、それでいて官能的な作品の存在することをそれぞれの作者のそして松浦自身のフェティッシュとして語ろうとしたものと読める。

各節の内容についてできるだけ詳しく紹介していこう。「鼠たちの罠」では、鼠捕りに挟まれた雌鼠に雄鼠が挑んでいるイラスト入りのTシャツをめぐって、自分とほかの中年男性との解釈のギャップに愕然とし、図像の読み解きの性差に驚くとともに、〈私に暗い世界観を抱かせるように仕向けた男性神話の捏造者や過去に出会った痴漢・下着泥棒等の変質者どもへの怒りを新たに〉する。「パンダの尻尾」では、パンダの尻尾が白いか黒いかをめぐって、パンダの尻尾を直感的に黒く描いてしまう人々に共感を覚えながら、パンダの縫いぐるみには製作国ごとに違いがあって、〈どんな物事を可愛らしく感じるか、という感性にお国柄が表れる〉ことに感心する。「遊ばれる子供たち」では、紙おむつのテレビ・コマーシャルが槍玉にあがる。嫌悪を催すのは〈いつもお尻はさらさらです〉というナレーションとともに母親の手が子供の裸のお尻を撫でる映像で、これは親子間セクシャル・ハラスメントとも言うべき所作だという。曰わく〈ここには健全な母性愛はなく、子供は母親の《物＝フェティッシュ》になっている。しかも、勝手な愛撫が母親の当然の権利とされている。だからいやらしい〉と。

「悲しき豊頬」は、たとえばアメリカのミスB級女優リンダ・ブレアをとりあげて、二十歳前後の可愛い女の子の〈成長の終わりと老化の始まりの間の特権的な時期〉における〈失われる間際の幼げな豊頬〉への愛着を語る。「Aの至福」は、発明王エジソンやレオナルド・ダ・ヴィンチ、稲垣足穂にふれながら、〈折に触れてA感覚を甘くくすぐられながら地べたをのたうちまわっていたい〉という作者の嗜好を語る。「少年の首とともに」では、愛らしい少年のマネキン人形がもし部屋にあったならという仮定のもと、ベルナール・フォコンが被写体に使った少年のマネキンの首の写真を例にあげて、〈淡然と写真を眺めて愉しんでいる作者〉の〈意外な健全さ〉が紹介される。「羞いの向こうの性」では、幼児にも性欲はあるとして、その非性器的な快楽を『子どもの性生活』という医学書に見える「ルーデル」図版を参考にしながら解説し、性器中心主義的性愛観以外の性＝〈幼年期の性を、人を痛切な追体験に引き摺り込むほどの熱気を込めて描きたい、という野心〉を語る。「共同浴場都市パリ」では、文化遺産によって異邦人を威圧しない、居心地の良い多民族都市パリの独自の空気について述べる。〈パリは多民族の浸る共同浴場〉であり、〈あのぬるま湯のような心地よさを私は懐しみ続けている〉という〈ただし、〔Uブックス版後註〕には〈その後何度かパリを訪れるうちに、不愉快な人種差別も受けた〉とある〉。「性器なき春画」では、かつて見た劇画家池上遼一の絵〈踏切のレールに足を挟まれたセーラー服姿の三つ編の女学生と、その足をはずそうとしている男と迫る電車、驚きとまどう人々の絵〉についての印象を語る。それは快とも不快ともつかない、漠然と抱く不安感の具体化であり、性器的な快感こそ掻き立てないけれども紛れもなく官能的な「春画」だという。「女囚映画の愉しみ」は、作者の愛蔵する映画が映像も筋立ても出演者の容姿も趣味嗜好に適ったひたすら官能的に訴える作品で、ジャンルで言えばモダン・ホラーか女囚物であるという。

前半・後半のつなぎ目に位置する「絵本・いつか見た夢」は、福士朋子の絵とのコラボレーションである。キリンとメロンの合成画？の扉から始まって、夢、決闘、ゴミ捨て場、警官の制服、性別不明、夢の奥、森と広場、福祉施設と学校、賭博場と見世物小屋、少年の臑を見学する人達、子供の抜けた歯、八重歯の中学生、ポーカーをし続ける老人四人 etc というとりとめないイメージが断続的に文章と絵画とで提示される。ここには描かれた図像やイメージへの愛着や反発といったレベルでの批評の目はない。まさに夢のような断片的で個人的なイメージの淡々とした羅列があって、本書後半の宮西計三、カルノ・モリノ、マッケローニ、ホルスト・ヤンセン、クラウス・ゲーハート、ベッティナ・ランスといった画家や写真家など、作者が耽溺するいわば反＝性器的な〈官能〉をともにする作家たちへの紹介と共感の各節へと接続されている。

本書には、男性中心文化や母性神話、性器中心性愛に対する糾弾や、幼児期の性やA感覚、皮膚感覚など非＝性器的な快楽への偏愛など、性に関する事柄への言及が多い。それはもちろん作者ならではの独自の領域なのだが、「パンダの尻尾」に述べられる〈イメージとしての動物〉のような話題にも当然フェティッシュがあって、感受性がかかわるすべての領域には、その物事の実態よりも先にすでに刷り込まれた感性がわれわれを覆おうとしている。蝶番となっている「絵本・いつか見た夢」が象徴的に語っているように、夢という現象にも幼少時から今に至るまでさまざまな刷り込みが行なわれながら、確実に各人独自の偏向した一つのイメージが作り出されている。

作家（小説家・文学者）とは、その夢の混沌としたイメージの向こう側とこちら側のすきまを凝視しつつ、自信を持って語ることのできる何かを新たに発見し、ことばで世界を立ちあがらせていく者の謂いであろう。「Aの至福」で〈究極のアナル・セックスは、相方のAより排出される大便をおのがAに挿入するものである〉と松浦が述べるところには、その理想はやはり現実には実現不可能で、究極的な〈快楽〉は、作家にとって、想像力とことばの織りなしの中にしか実現されないものなのだ、と主張しているようにも思われる。

このエッセイ集に紡ぎ出されたささやかなフェティッシュが、一つの精神の偏向をとりあげることによって、もう一つの大きな偏向を照らし出し、新たな問題を生み出していく。一部、作者の嗜好と偏向性の尺度の一つに「健全」（「健康」）という概念が無前提に登場するところに疑問がないではないが、本書が人間の〈ささやかなもののごとへの愛着〉の秘密を明らかにする前衛的な試みとして、なおわれわれの精神を刺激し続けていくことは確かであろう。

（武蔵野大学非常勤講師）

# Panda-Patico——大國眞希

『ポケット・フェティッシュ』のそこここに響いているのは、何かしらが解き放たれた音。いわゆる「男たち」によって繰り返されてきた性器を隠蔽し、暴くというゲームに絡めとられ、その妄想によって捻じ曲げれた、あるいは「性器結合中心的性愛観」によって軽視されてきた、様々な官能がきりきりとねじを解く弾音だ。

例えば、松浦理英子自身、ベッテイナ・ランスの写真集『FEMALE TROUBLE』について語るとき、被写体となった女性たちが〈自由に存在感を発散するさまを率直で明朗な眼で眺めている〉と解説する。このような筆致でもって、本書でも種々の官能が魅力的に浮かび上がらされる。〈各々の好みに従って自由に自分を顕している〉これらの官能たちに身をゆだねてゆくにつれ、いわゆる「男性社会」によって自発的に語ること禁忌とされたインファンティーレな欲望が鮮やかに肯定的な活力を漲らせる。個人的な嗜好を告白すれば、私の場合、クリームブリュレの表面を頬にほてりを感じながら割った時の、そして、ぱりぱりと咥内で崩れるざらざらの甘い舌ざわりの愉悦が、再びこの肉体に取り戻される顫動を覚えた。

だが、ここで私は不安のうしおへ突き落とされる。あるひとつの感性を、口唇という感覚を特権的な場所として官能を味わうことは、中心が性器から口唇と変わっただけで、同じことではないのか。

おそらく、松浦は戦略として、〈幼児にも性欲がある〉と書く。これをセンセーショナルに思えてしまう私の

「女性」としての感覚こそが、ある性愛観に毒されている。このことを率直に認めよう。あるいは〈自由な性の悦楽、もう一つの欲望世界〉という広告文句にポルノグラフィックな期待を抱いてしまう「男性」がいるのではないかという危惧のよこしまさを。この「女性／男性」をめぐる性愛観も後天的に信じこまされた通念に過ぎない。〈性、と書いた途端に特定のイメージがかぶって来る困難。制度や国家の中で個定された言語感覚が襲って来る困難〉（笙野頼子「夢の中の体」「文芸」93・11）を乗り越えなければならない。本書では〈幼児なりの官能への欲望〉を敢えて〈性欲〉と名指すことで、「性」に与えられていた定義の偏向を押し広げようと試みられている。

「ホルスト・ヤンセン、浸蝕する線」では〈ヤンセンの言う〈性行為〉は性器の欲望に導かれて行なわれる行為を意味し、彼が価値を認めるベッドの外の日常の触れ合いは、性器の欲望ではなく精神と皮膚の欲望を満たす行為として区別されている〉とし、ヤンセンは〈非＝性器的な快楽への鋭敏な感受性を備えている〉と評価される。

本書のなかで皮膚感覚が、皮膚を通しての快感が、性の快感と匹敵しうる「非＝性器的な官能」として祝勝されているのは明らかだろう。「女体を通り越すフェティシズム」では、カルロ・モリノの残したポラロイド写真には〈男根主義的欲望が希薄〉であり、〈人間本来の肌とは質感を変えた女体に心地よい肌触りを予感させる〉と書き、「男たちの静かな光景」では、〈クラウス・ゲーハートの作品の静けさは、彼の皮膚の快感の鋭敏さから生まれる〉と解説し、パリが愛すべき街である根拠は、多民族の浸る共同浴場のように生温いその空気の〈肌触りのよさ〉である（「共同浴場都市パリ」）。「親指Pの修業時代」などで繰り返される〈皮膚から魂〉への愛が本書にも散在している。

しかし、このイデーにも皮膚を特権化させる陥穽が口を開けていないか。〈性器結合中心性愛〉や〈男根主義〉に匹敵する、皮膚を通しての接触や具体性を受容する行為などに心地よさがあると主張するなら、世界から「性」

を排斥しない限り、「口唇」であろうと「肛門」であろうと「生殖器」であろうと、「皮膚」であろうと、官能を得るための手段に過ぎないとの解釈を、「性」に与えられた通念としての猥雑性を、回避することは不可能ではないのか。皮膚感覚という官能性が、男根中心的欲求のフェティシズムから自由であることは可能なのか。

この計り知れない戸惑いは、唐突の誇りを免れないかも知れないが、ベルリーニの「聖テレーザの法悦」に対して、この甘美にして豪奢な彫刻が性行為の絶頂状態そのままを表現しているとの意見を目にした時に感じる違和を思い起こさせる。聖女の頭から足元を覆う長衣服の折り重なる襞は全身を波打つ皮膚感覚の官能を喚起し、私はそこに自由な官能を見るが、一方でフロイト的文脈に回収される恐れを否め得ない。バロック様式で装飾された教会（Santa Maria della vittoria）に置かれたこの彫刻は、禁欲的な修道生活を送っていたカルメル修道会に属し、神秘家であったアヴィラのテレーザが、みずから「自伝」に綴った「神秘的恩寵（transverberation）」を体験している場面を表現した作品である。テレーザはその心臓を、先端から炎を出す槍でもって、驚くほど美しい天使によって何度も突き刺されたという。その槍は内臓の奥まで貫通し、天使がその槍を引き抜くと内臓も一緒に引き出しているように感じた。それに伴う苦痛はあまりに激しいものであったが、この激痛はあまりにも甘美なもので痛みを取り除こうという欲求を持つことなど到底不可能であった、と彼女は書き残している。

〈この痛みは肉体的なものではなく精神的なもの〉とのテレーザの主張にもかかわらず、フロイトの弟子筋であるある精神分析家のマリー・ボナパルトは、この体験は性行為の絶頂感であると論じ、イタリア芸術を扱う現代小説家のダン・ブラウンはテレーザの証言から意図的に「心臓」という部位を省略して引用し、登場人物のひとりに彼女の体験が何を示しているかは明らかだと冷笑させている。

黄金の槍で突き刺された聖テレーザの、目を閉じ半ば口を開け、恍惚とした表情を浮かべている姿が、官能と無関係だと固執するつもりは毛頭ない。彼女自身の描写に〈魂と神の間に交わされた愛撫〉という表現が見られ、ベルリーニの甘美で崇高でさえある彫刻からは官能的な匂いが強くたち籠めている。あるいは天使の持つ矢先で心臓を貫かれることで生まれる愛という図式は有名な恋愛にまつわる神話のなかの類型を想起させる可能性も否定できまい。そうだとしても、この彫刻によって表現されたような法悦は場を移した性体験に過ぎないとの単純化した切り捨ての解釈は、すべてを「性器的な快楽」に回収させる、ある種の暴挙だ。「法悦（estasi）」を「絶頂（orgasmus）」とする、おそらく意図的な誤読がその偏向を暴露している。

「ポケット・フェティッシュ」に見られる官能と「聖テレーザの法悦」の神秘体験は、両者を対立させている特徴が同時に、まさに両者を相似たものにしている。両者は共に、すべての官能を性器結合に回収させる妄想への抗いとその強さを感じさせる。

聖テレーザの法悦は官能を体現しながら、性器による結合という意味での性行為の象徴では決してない。『ポケット・フェティッシュ』に咲き乱れる官能の百花も同様である。皮膚による接触を奨励するのは、〈性器結合中心主義〉によって不当な扱いを受けているからであって、決して〈性器結合〉を排斥するためではない。むしろ、性器結合も悪であるとする文化の力からは解放すべきであり、性行為そのものは否定されない。つまり何かが何かの上位に立ったり、象徴したりするのではなく、すべての官能は隣接し、換喩され得ることによって並置される。この官能の換喩性こそが題名にフェティッシュと冠される所以であろう。但し、「ポケット・フェティッシュ」が作者の解説するように〈ささやかなものごとへの愛着〉くらいの意味〉であったとしても、「フェティシズム」という語に付着する男根中心的な牽引に抵抗しきれないのではないかとの危惧は払拭できない。無邪気で無垢な官能そのものを他者の言語で提示するのは至難である。

（川口短期大学助教授）

# 『ポケット・フェティッシュ』

## ――〈フェティッシュな欲望〉を肯定的に語ること――

押野武志

筆者は白水Uブックス版後書きで、表題は〈ポケット・ティッシュ〉と〈フェティッシュ〉をかけたもので、〈ささやかなものごとへの愛着〉という意味で付けたという。このエッセー集には、既に評価の高い一流の写真家や画家に触れた文章もあれば、芸術的には評価されることのないTシャツ、縫いぐるみ、イラストに寄せた文章も多く含まれている。筆者は、その雑多性を〈貧しさ〉と呼ぶのであるが、筆者の感性の〈豊かさ〉を示していることは間違いない。美術館に収められているような芸術作品だけがひとを感動させるわけではないし、その感動の質も教養やスノビズムに支えられている場合が多い。筆者は〈そもそも世の中に本当に心を揺さぶる物事などそうあるわけがない〉（「後書き」）と考えている。その前提を踏まえたうえで、表題の〈ささやかなものごとへの愛着〉という意味を理解しなければならないだろう。本書の中で取り上げられている固有名詞たちは、筆者を惹きつけ、魅了するかけがえのないものたちなのである。

そしてそうしたものたちへの〈愛着〉は倒錯的に語られる。もちろん、どのような愛の形も倒錯を免れることはできないのだが、筆者は〈自分の感受性に偏りがあることははっきりと認めて〉（「鼠たちの罠」）、それを自覚的に語ることにおいて、とりわけ〈正常〉とみなされる、男性中心主義的異性愛の倒錯性を指摘する。言語、貨幣、性愛は、人間が社会的な生を営むうえで不可欠の三要素だが、これらはすべて、フェティッシュ、あるいはファルスと呼ばれる「あるべきはずのものが、そこにないもの」に全面的に依存している。フロイトの説明によると、フェティシズムの対象は「女性（母親）のペニスの代理」である。フェティシズムは「あるべきはずのもの」がそこに「ない」ということから生じる不安感情を「抑圧」し、「ない」ということを「それはあるはずだ」という空想に転化させ、そこに心的なエネルギーを注ぎ込むことで成立する。こうしてフェティッシュは、逆説的にもそれが指し示すまさにその存在―不在の女性のペニス―を否定するために存在する。要するにフロイト流のフェティシズムは、フェティッシュな人間（それは男を前提としている）の欲望の対象が結局、女性、しかも不在の女性のペニスであるという、男性中心主義的異性愛（その裏返された女性嫌悪）を前提にしているのだが、本書では、フェティシズムを多様な欲望の対象と欲望を持っているはずの他者たちに解放することが目指されている。こうして本書は従来のフェティシズムの「抑圧」の機能を「誘惑」の機能へと組み替えていく。本書は、扉に記された〈誘惑、もう一つの欲望世界への〉という言葉に導かれるようにして始まる。男性中心主義の異性愛とは異なる、愛の世界を筆者はどのように語っているのだろうか。愛が誘惑ならば、語ることも誘惑である。筆者はフェティッシュな欲望の対象を肯定的に語ることにおいて、読者を誘惑する。

「遊ばれる子供たち」は一連の紙おむつのコマーシャルを批判したエッセーである。母親の手が子供の裸の尻を撫でる映像には、子供が母親の〈物＝フェティッシュ〉になっているいやらしさがあるという。そしてそうしたコマーシャルを〈チャイルド・ポルノ〉と断罪する。母性愛のいかがわしさを見事に批判していて、痛快である。子供を可愛がっているようで、子供の性を抑圧しているのである。このエッセーは、「羞いの向こうの性」と併せて読むべきだろう。そこでは、筆者が幼年期に味わった〈非性器的な〉官能体験が語られる。その官能の震えを表す形容詞を、五六歳当時の筆者が造語していたというからすごい。筆者の作家的な出発点はそこにあったと言ってもいいくらいだ。

そうした筆者が稲垣足穂のＰ（ペニス）感覚を批判し、Ａ（アヌス）感覚を擁護することに共感するのは当然のことなのだが、「Ａの至福」においては、挿入された大便を、自分自身の大便の排泄と同時に相手のＡに挿入し返すという、足穂やマルキ・ド・サドすら空想できなかった究極のアナル・セックスを提唱する。こうして、Ａ感覚に基づくホモセクシャルな関係性においても起こりうるだろう関係の非対称性を乗り越える方策を示しているのである。筆者が夢想するアナル・セックスは、どんなにグロテスクに見えようとも、その関係性は全くの対等な関係性に支えられている。

性器的な快感だけに限定されている官能性など、たかが知れている。「性器なき春画」は、筆者が子供の頃に見て名づけようもなく惹きつけられた池上遼一の春画の魅力を、改めて言語化したエッセーである。性描写を含まない池上の春画の官能性が伝わってくる。「ホルスト・ヤンセン、浸蝕する線」においても、ヤンセンの画の官能性は性器の快楽への欲望に根ざしたものではない〈非＝性器的な快楽〉に支えられているという。筆者は性器の欲望よりも皮膚の欲望を指向する感性を評価する。それは性差に限定されない。「男たちの静かな光景」は、クラウス・ゲーハートという男性ヌード写真家に触れたエッセーである。ゲーハートの写真が静かに語りかけるのは、〈日常的な皮膚の快感〉であり、「ベッティナ・ランス・トラブル」においては、性器的な欲望に沿った撮り方をしない、ベッティナ・ランスの女性ヌード写真の〈皮膚の官能性〉を指摘している。筆者が評価する写真家たちは、見る主体＝男性／見られる客体＝女性という非対称的で固定的なヒエラルキーをやすやすと飛び越えている地平を共有しているのだ。

「強健なる生命力の肯定」は、宮西計三というマイナーな漫画家の性愛描写の魅力を語ったものである。宮西は、池上やヤンセンとは対照的に男女の性器を露骨に描く。しかし彼の作品には、〈人が心身を抑圧する知的武装をすべて解いて剥き身の存在になった時に初めて顕われて来るおぞましいような生命力〉があるという。「抑圧」「否認」「去勢」といった否定性や受動性を基盤にしたフロイト的なエロティシズムが批判され、肯定のエロティシズムがここでも主張されている。

筆者は性器が描かれているかどうかを問題にしているわけではない。性器が描かれていようがいまいが、そこに従来の〈性器結合中心的性愛観〉とは異なる性愛の形が示されているかどうかを問題にする。「マッケローニ、〈真実〉なき女性器」で、アンリ・マッケローニによる女性器の写真を筆者が肯定するのも同様である。女性器に秘匿された〈真実〉＝〈猥褻性〉を見ようとするのは、男性のまなざしによるものである。マッケローニの写真はそれに対して〈長い間続いて来た女性器をめぐる隠蔽と暴露のゲームに終止符を打つ力〉があるという。確かにマッケローニの女性器の直接性・具体性を写し撮った写真が突きつけるのは、我々が現実の女性器については全くの盲目であり、イメージとしての女性器を幻視していたに過ぎないという死角である。

筆者のフェティッシュは、対象そのものを輝かす。占有することなく、他者に愛着を分有させる。その証拠に私は、筆者のフェティッシュの対象を集めることになる。本書読後に、宮西計三、カルロ・モリノ、マッケローニ、ホルスト・ヤンセン、クラウス・ゲーハート、ベッティナ・ランスの作品集を私は買い求めたのであった。筆者の誘惑にまんまとはまったわけである。筆者を惹きつける官能的作品を私が見ても、確かに性器的な欲望は刺激されなかった。勃起するかどうかで官能性を判断する下半身的判断基準はもう終わりにしたい。官能性は、性器に限定されない。皮膚のようにひとの体のそこかしこに遍在し、もっともっと豊かな官能性があることを本書は繰り返し語る。

（北海道大学助教授）

# 『おカルトお毒味定食』──山下若菜

## ──〈ワープロを搭載したサイボーグ〉と〈世間をたばかっているアンドロイド〉と──

本書は、足かけ三年にわたり随時行われた松浦理英子と笙野頼子による対談集。計四回にわたる対談を、そのまま各章にしての四部構成。加えてそれぞれ絶妙な章題が付してある。Ⅰ〈なにもしてない馬鹿女の修業時代〉は一九九二年一二月に（掲載は「ブック the 文芸」翌年三月）。Ⅱ〈もの言う太鼓のように〉は九四年三月に（掲載は「文芸」同年夏季号）、Ⅲ〈ペシミズムと快楽と〉・Ⅳ〈そして長電話は続く〉は九四年四月（本書にて初掲載）に行われたもの。この、九二年末からの三年間で、松浦・笙野はそれぞれ作品評価がみるみる高まり、出版部数や収入においてもまた安定した数値を出す人気作家として、実り多き局面を迎えることとなった。したがって、この対談を一回完結モノの単品として各章を味わう楽しみ方は勿論のこと、追い風を受けながら陽の当たる坂道を駆け上ったこの「三年」を縦横に上りつ下りつ往還して味わうのも、また、読者ならではの贅沢な楽しみ方というものだ。笙野に、〈文章がゾロゾロと動いていくみたい〉（「Ⅳ」）と評された松浦と、自ら〈テンポきめといてうねりまくる〉（「Ⅳ」）ように文章を書くと話す笙野とを、そのままに反映する対照的な話しぶりもまた、本書においては愉快なセッションのように響き渡っている。まずは本書の順序にそいながら、「遊ぶ子ども《バイスバイソン》」とも、「ダイモニオスな」とも言い得る二人の声を聴いてみよう。

九二年。笙野は「居場所もなかった」（「群像」七月号）で好評を博し、松浦は前年の「文芸」五月号以来「親指

Ｐの修業時代」を連載執筆中。人気・評価ともに上向きの二人の初回対談は、同年一二月に行われた。対談では、〈男の評論家〉の妄言暴言ぶりや、デビューしてからも不遇であった生活状況が、笙野主導のもと、時に攻撃的に、時に楽しげに、〈（笑）〉付きで語られている。当初松浦は〈対談の進行係を受け持つのは私であろう〉と一人気負い、〈ガチガチ〉に緊張していたという。その〈強迫観念や思い込みを放棄〉し得たのは、〈早口で能弁〉〈勢いがついた時なんかものすごく喋る〉という笙野の、快活な、それでいて繊細な気遣いに、松浦もまた自ずと身を委ね心が解かれたからだった。松浦は〈笙野頼子という存在に感動した〉とまで言い、その感動の瞬間をこの対談における〈最も美しい場面〉（「前書き」）と称している。

おそらく二人の心の開けは、「Ｉ」で松浦の発した〈女流作家〉という言葉を巡って、笙野が忌憚のない問いかけをして以降からだろう。笙野は、〈女流〉という言葉が放つ〈囲い込み〉の色調に不快感を示し、〈女流作家〉または〈君だけは女流じゃない〉といった窮屈な二分法の網の目に常日頃〈引っかかる〉自身の感覚を語る。それを受けて松浦は、〈女流〉という言葉を〈辞書的な記述〉〈社会的な言葉〉〈自分の言葉〉と区分した上で使っていること、さらには〈女流〉という言葉に〈予断を含んだ意味を付与する〉嫌な輩には、逆に、誇り高く〈「そうです。女流です。男とは違います」〉と〈差別的に〉相手を挑発する側面を示す。こういった二人のやりとりは、同年に『男流文学論』（上野千鶴子・小倉千加子・富岡多恵子）が、登場した時代意識と十分に結ばれている。

〈女流〉という言葉を巡るやりとりのように、両者の資質が顕在化し、はっとするようなスリリングな瞬間が他にも多々ある。たとえば松浦は、笙野作品に〈何が書かれてあってもセクシュアリティの表現〉として秀逸である点を賞賛する。一方、笙野は〈セクシュアリティの表現〉に留保を入れ、自分は言語を介して〈何か根源なるもの〉〈何かの骨組み〉を探求する際の〈素材としての性であって、おなかの中というか、頭の芯では、世界のからくりみたいなものを考えているんじゃないですか?〉と同意を求めて松浦に尋ねてみる。が、松浦はきっぱりと〈性を通して世界も見ちゃうんですよ。フロイトの汎性論じゃないけれども〉と返す。さらには性〈描写の対象と、それを扱っている言葉が、書いている私の頭の中でそれぞれ別個に動いていて、時に絡んだり、溶け合ったりするようなところが、非常に書いていてスリリングだし、エキサイティングなんです〉とも言う。

言葉の運動・構造体そのものに向かい異議申し立てを行う笙野と、言葉と連動する快不快現象を〈おしとどめ〉ながらも横溢させていく松浦と。言い換えれば、鏡の中に飛び込んでいくような「認識論的=存在論的」な笙野と、鏡の前に正座して淡々とスケッチをする「身体論的」「感覚論的」な松浦。魅力的な両者の、見事に対照的な執筆風景をそれぞれ抜粋してみよう。

(笙野)〈いまワープロなんですけれども、ワープロのキーと自分の指の間が納豆の糸みたいなものでひっついている感じというか、グチョッと固めたような感じで、打っている間は自分じゃないんですよ。その世界は本当にそこにあって、たとえば切ったとか闘ったとか作品に書いているけれども、それは夢の中で切ったり闘ったりするのと同じ事で、自分の頭の中にいろいろな人格があって動いているわけ。そうやってその世界を探検しているのです。〉

(松浦)〈私、続け字が書けないんですよ。楷書の字しか書けないから、一字一字書くのが非常に楽しいんですね。笙野さんがワープロを打つ時、納豆のように指がキーにつくとおっしゃいましたけれども、私も一字一字白い紙に字を植え込んでいく作業が非常に楽しいんです。書きながら味わって書けるから〉

(「I」)

はたからは、「書くこと」が実に楽しげに見える。実際に書いている最中は、そうなのかもしれない。しかしこの行為を生み出す根底には、松浦で言えば〈日常生活における絶望感〉と〈日常の絶望感と書く上での絶望感が幸福な形では結びつかない〉という禁欲的留保があり、笙野で言えば〈目の前に、組み換えなければいけない言葉〉〈制度〉と〈戦う〉ためには〈文学が壊れてもかまわない〉（「Ⅱ」）覚知がある。その意思は、二人のそれぞれのデビュー作、『葬儀の日』（松浦）と『極楽』（笙野）とにすでに表れてもいよう。

ともあれ、本書の魅力はこういった二人の〈骨のレベル〉はもとより、骨に付着した肉にも十二分にある。フリージャズ好きな笙野とロックからR＆Bへ移行した松浦との音楽談義は、二人の感性を知るのに格好の窓口だ。ことに笙野の音楽観はそのまま笙野の言葉や『レストレス・ドリーム』などの作品世界の喩であるとさえ思われる。一方、松浦の食べ物談義も、彼女の快不快を知る上で興味深い。〈やわらかな拒食症〉と自称する松浦の快楽は、食に限らず強制づけられた当為への嫌悪として、〈非＝性器主義〉につながり、ひいては『親指Pの修業時代』の多元化した性愛に具現化されている。〈受難のオーラ〉が出ているからか奇妙な人々に声をかけられる笙野と、〈アイドル光線〉が出ている松浦。対照的とさえ見える両者は、言葉の破壊と創造とを繰り返し行いながら唯一一回性の〈生〉を確認している点でともに繋がっている。

蛇足ながらこの対談「Ⅰ」では出版社に印税の前借りをしていた二人が、「Ⅱ」では〈次々と本が出る〉ようになり（笙野）、〈風呂なしアパート〉（松浦）から引っ越しする資金も手に入れた。そして「Ⅲ」「Ⅳ」の時期〈文学的な評価〉が高まった笙野は、同年七月『二百回忌』で三島由紀夫文学賞と芥川賞とをダブル受賞。松浦もまた二ＤＫ家賃十五万円の住居に引っ越しをした。毒味あってこそのカタルシスとして、絶妙の対談集である。

（大東文化大学非常勤講師）

# 『現代語訳樋口一葉　たけくらべ』——大和田　茂

二〇〇四年十一月、二千円札を除く紙幣のデザインが二十年ぶりに一新された。五千円札には戦後女性ではじめて（歴史上は神功皇后につぎ二人目）樋口一葉が登場、その肖像が刷り込まれた。両親の出身地である山梨県塩山市などでは大々的にイベントが行われ、各メディアでも、一葉の生涯や作品を取り上げる特集が組まれた。一時的だが樋口一葉の静かなブームが起こったといってよい。

ブームといえば、約十年前の一九九六年は一葉没後百年にあたっていて、学界などでは少しだけ動きがあった。そのとき、河出書房新社は一葉作品一四編を当時の若手作家十人に現代語訳させ、全五巻を記念出版した。むろんこの若手作家たちは、樋口一葉の研究とはほとんど無縁で、とくに一葉から大きな影響を受けたという人は皆無に近く、自分で作品をはじめてじっくり読み直して、擬古文体の原文を現代語に〈翻訳〉するむずかしさを噛みしめながら、それぞれに一葉の作品世界を再現している。たとえば「にごりえ」を訳した伊藤比呂美は、〈一葉は読みにくい。それはたしかだ。字面を見ただけでそう思う。今まで読もうとしたことはあっても、読みとおしたことはない〉と率直に語りながらも、〈まるでひとふでがきの瞬間芸のような〉一葉の言語表現力に惹かれている。また篠原一は、〈今や異国語となり果てた擬古文体の翻訳なんて面倒事を引き受け〉たことをさんざんに後悔したと「後書き」で書き、かなり悪戦苦闘しながら自分なりの訳文を書き上げたという。

さて、「親指Pの修業時代」の作者松浦理英子は一葉の代表作中の代表作「たけくらべ」一編を担当、この最長の作品を単独で訳している。「訳者後書き」で、松浦はつぎのように言う。〈樋口一葉の作品は『たけくらべ』に尽きると思う。『にごりえ』も悪くないが、あとは『たけくらべ』と同等の面白さを期待して読むと落胆する〉。〈私は一葉という作家に対する格別の思い入れはないのであり、数多くの一葉愛読者、研究者が熱心に一葉を持ち上げるさまを目にすると、何やら別世界の出来事を見るような思いに囚われたりもする〉が、〈『たけくらべ』一作から受ける強い印象は、作品にどっぷりと身を浸して愉しむだけではすまず、「一葉はなぜこんな作品を書いたのだろう」と言う埒もない疑問まで呼び起こすほどのものだ。〉訳の動機については〈一語一句読み文語を口語に移し換えて行く作業によって、より深くこの作品に身を浸すことができるのではないか、ただ読んでいるばかりでは得られないような新しい愉しさを味わえるのではないか、と予感したからにほかならない。〉

一葉の文体の第一の特徴は擬古文体ゆえに句点が極端に少なく、読点が延々つづいて一文がとにかく長い。そして会話部分にもむろん鉤括弧はなく、地の文と同じ扱いである。現代人一般の感覚では『源氏物語』や『徒然草』と同等の「古文」といってよい難解さ。その特徴を、松浦はむしろ極力活かそうと努めた。若手作家である他の訳者たちが、みな会話部分を鉤括弧でくくったり、まず読みやすさを心がけて現代的表現に置き換えようとしているのとは対照的に、松浦は一葉文体の〈律動感〉を重視しようとした。彼女は口語訳でどれだけ原文のリズム感を残せるのか、それが、〈翻訳〉の生命線であると考えたのである。

一例を引こう。竜華寺の信如が雨の降る日母のつかいの途中、美登利の住む大黒屋の寮の前で下駄の鼻緒を切る場面である。作品のクライマックスと言っていいシーンだ。偶然居合わせた美登利は、紅入り友禅の切れ端を信如の足元に投げ出す。原文では〈……胸はわくわくと上気して、どうでも明けられぬ門の際にさりとも見過ごしがたき難儀をさまざまの思案尽くして、格子の間より手に持つ裂れを物もいはず投げ出せば、見ぬやうに見て知らず顔を信如のつくるに、ゑゑ例の通りの心根と遣る瀬なき思ひを眼に集めて、少し涙の恨み顔、何を憎んでそのやうに無情そぶりは見せらるる、言ひたい事は此方にあるを、余りな人とこみ上るほど思ふに迫れど、母親の呼声しばしばなるを侘しく、詮方なきに一ト足、二タ足ゑゑ何ぞい未練くさい、思はく耻かしと身をかへして、かたかたと飛石を伝ひゆくに、信如は今ぞ淋しく見かへれば紅入り友仙の雨にぬれて紅葉の形のうるはしきが我が足ちかく散ぼひたる、そぞろに床しき思ひは有れども、手に取あぐる事もせず空しう眺めて憂き思ひあり。〉

とあるのを、松浦訳では、〈……胸はわくわくと上気して、どうしてもあけらない門のそばでそれでも見過ごしづらい困りごとをさまざまに思案し尽くして、格子の間から手に持つきれを黙って投げ出すと、見ないように見て知らない顔を信如がつくったため、ええいつもの通りの心根とやるせない思いが眼に籠って、少し涙を浮かべた恨み顔になり、何を憎んでそのようにつれない素振りをお見せになる、言いたい事はこちらにあるのに、あまりな人とこみ上げるほどの気持ちが昂ぶって来たが、母親の呼び声がしばしばかかるので侘しく、しかたなしに一足二足踏み出しええ何ぞいの未練臭い、こんな思惑は恥ずかしいと身を返して、かたかたと飛石をつたって行ったのだが、信如は今やっと淋しく振り返ると紅入りの友禅の雨にぬれて紅葉の柄が美しいのが自分の足の近くに散らばっている、何とも好ましい思いはするけれども、手に取り上げることもせず、空しく眺めてものうい気分である。〉となる。筆者が施した傍線箇所は松浦なりに工夫を凝らした部分だが、その箇所が意外に少ない。あとは原文に近く単語などは現代風に直しているが、やはり原文のリズム重視の意図が伺われる。

松浦以前の現代語訳としては、円地文子の訳があげられる（『明治の古典3・たけくらべ　にごりえ』学習研究社、82・9）。同じ箇所を円地訳で見ると、〈胸はわくわくとのぼせるし、どうにも開けることはできない門の傍に立ったまま、そうかといって、見過ごしてはおけない難儀をさまざま思案しつくした末に、手に持っている裂を物も言わず格子の外へ投げ出した。信如はそれを見ぬようにして、知らん顔をすると、美登利は口惜しく、「いつもの通りの意地悪」とやる瀬ない気分に少し涙ぐんで、「何が憎くて、私に対してそんなつれない素振りを見せるの。言いたいことはこっちにこそあるのに、余りな人」とこみ上げるほど思いはつのるけれど、母親の呼ぶ声がいく度も聞こえるので、仕方なくひと足、ふた足歩いたものの、「ええ何ということか。未練らしい。相手の思惑も恥ずかしい」と身をかえして、かたかたと飛石を伝って行く。信如は美登利の足音の遠のくのを聞きながら、いまさらにさびしくそちらを見返ると、紅入りの友禅の紅葉の柄の美しいのが自分の足もと近くに投げ捨てられている。何となく恥ずかしく思いながら、手にも取りあげられず、ただ凝っと眺めてやる瀬ない思いに沈んだ。〉

とあり、松浦訳にくらべると傍線箇所が多く、つまりだいぶ表現を変えたり、補足したりしていることがわかる。円地訳は、原文では長い一文である当該部分を、四つのセンテンスに切っている。逆に松浦は原文重視の立場から、逆に一切の句点も加えていないという。円地は美登利内心の声を鉤括弧でくくり、主語を補いより口語的に訳そうとしている。また〈一ト足二タ足〉の補い方や〈思はく耻かし〉〈床しき思ひ〉の解釈にも差異があり興味深い。いわば松浦訳は、原文の〈律動感〉重視ゆえに直訳的といえる。「たけくらべ」原文を読んでいない読者には、原文の臭いがより濃厚な点でありがたいだろうが、言葉の壁をできるだけ乗り越えて作品世界のイメージを増殖させる点に重きをおくなら、円地訳の方が現代の人々により適切ではないか、とも思う。

それにしても、松浦は「たけくらべ」に何を発見したのか、現代語訳そのものにも、「後書き」にもその答えは容易に得られない。数々の作品においてを逸脱したさまざまな性愛を描いてきた松浦作品と、このピュアなラブストーリーとの乖離しか見えないのだ。

（都立工芸高等学校教諭）

# 『おぼれる人生相談』——反逆する人生相談——

鈴木伸一

『おぼれる人生相談』（『おぼれる人生相談』角川書店、98・12）は、一九九六年一月から九七年六月まで、「月刊　カドカワ」に連載されたものをまとめたものである。その読者層は、〈若くて、純真で、素直ないい人たち〉（「〈対談〉人生は基本的につらいもの」「鳩よ！」00・5）であったという。つまり、「月刊　カドカワ」連載時の「おぼれる人生相談」は、若者からの質問が多かったということになる。

当時の若者の匂いを松浦は五木寛之との対談の中で、〈何ていうのか、漫然とした飢餓感というか、満たされない感じというか、そういうものが若い人の間に蔓延している〉、そして〈物質的な不満はない。けれども、こういうふうに満たされない感じを持つ〉、〈それにまた、抑圧されているという感じ〉（「〈対談〉人生は基本的につらいもの」「鳩よ！」00・5）をもっていると感じている。また、〈私たちは暇だったから、悩みの原因を突き詰められた〉が、〈今の子〉は、〈日常とは、全く切り離されたコンピュータなり、友達との連絡なりということで時間を消費〉してしまい、〈本質的な解決ができないまま、だらだらと時間をやり過ごし、漠然とした空虚な感じ〉（同前）が続いているのだという。松浦の若年層における時代分析のキーワードは、〈満たされない感じ〉・〈抑圧されているという感じ〉・〈漠然とした空虚な感じ〉ということになる。これらは〝生〟への不透明感が醸成するカオスの世界といえるのではないか。そうした不透明感＝カオスの払拭に「おぼれる人生相談」の核があるのである。

しかし、不透明感＝カオスの根源は人間の〝生〟の問題に最終的には回収されるものであると考えられる。だから、松浦の「おぼれる人生相談」の回答は、常識的とさえ思えるものとなっているのである。

わたし自身が人生相談を始めるにあたって、「あたりまえの回答よりも、深沢七郎式に無茶苦茶にやれば」という思いが当然のように頭をよぎりはしたものだけれども、どう考えても私は、読者が反発すると同時に心のどこかでは頷かざるを得ないような、豊かな人生経験に裏打ちされた凄み漂う暴論をはける器ではまだない。やはり「まっとう過ぎて退屈」といわれようとも正攻法で行くことにした。（「後書き」『おぼれる人生相談』角川書店、98・12）

〈「まっとう過ぎて退屈」といわれようとも正攻法で行く〉とする人生相談の回答姿勢は、やはり社会通念上の常識的性質を帯びるものとなるのである。それは、「親指Ｐの修業時代」や「ナチュラル・ウーマン」などの小説世界、その作者としての松浦を知っている読者にとっては、エキセントリックという観点からすると物足りなさを感じるものかもしれない。しかし、松浦のエキセントリックな表出の裏には、彼女の女性としての強烈な主張が潜在しているに違いない。単行本化された『おぼれる人生相談』（『おぼれる人生相談』角川書店、98・12）には、五十三の質問が収録されているが、そのうち男性質問者からのものは四件にすぎない。確証をとったわけではないが、「月刊　カドカワ」の読者層が女性に著しく偏っていたとも考えがたい。とすると、松浦自身が意識的に女性質問者を取り上げた可能性があるのだ。つまり、同性である女性質問者に共感的エールを送っているとも言えるのではなかろうか。

松浦のエキセントリシズムの本質は、〈女であることの根拠を性器に求め性器に限定された女性性に執着する女は貧しく、醜く、弱い〉、〈性器を脱ぎ棄てて可愛くセクシーになれば女はいくらでも強く自由になれる〉（「性器からの解放を」「ブルータス」87・1）とする主張の中に見いだすことができる。そうした主張の実作が「親指Ｐの修業時代」であり、「ナチュラル・ウーマン」なのである。松浦は、「親指Pの修業時代」について、〈非＝性器的なエロスの称揚というテーマ〉を展開したものであるとし、〈小説こそもっとも具体的で機能的かつ倒錯的な他者の誘惑装置〉（「端書き」『優しい去勢のために』筑摩書房、94・9）とも語っているのである。松浦の小説におけるエキセントリックな表出は、〈他者の誘惑装置〉のひとつなのであり、その〈装置〉の表層的な仕掛けにばかり目を向けてしまうと、〈非＝性器的なエロスの称揚〉という〈テーマ〉を見失ってしまうことになるのだ。〈非＝性器的なエロス〉の基底には、〈性器を脱ぎ棄てて可愛くセクシーになれば女はいくらでも強く自由になれる〉という女性としてのしたたかな主張が横たわっているのだ。女性を規定するのは社会であり、その時代である。そうしたものへの反撃、つまり〈〈社会が規定する女性性〉〉（「あなたは女子プロレスを観たか」「スタジオボイス」85・11）への強烈な嫌悪感が作家松浦の胸中には一塊のしこりとしてあるのではなかろうか。

『おぼれる人生相談』の〈バイト先の男の子と寝たのがバレて、親から殴られます〉という女性からの質問の回答の中で、質問者の親が言った〈「結婚をしていない女がセックスをすることはあってはならないこと」〉について、〈古臭く保守的で女性差別的な考え方〉であるとし、それは、〈生殖を目的としない性を神に逆らう卑しい行為と定めるキリスト教思想〉の影響であるとしている。そして〈特定の（宗教）の思想の中からおこってきたものにすぎず、万人に普遍の感覚ではない〉、〈そんな感覚が正しいという絶対的な根拠もありません〉と既成の道徳観に懐疑を抱いている。こうした点だけを意図的に摘出すれば、エキセントリックであるが、松浦の真意は〈「男は結婚していなくても性行為をしてもいいけれど、女はだめだ」などというふうに、女ばかりを縛ろうとするのは、考えるまでもなくおかしな話〉という点にこそあるのである。そのうえで〈自己管理ができる大人であれば、双方合意の上での性行為は自由〉としているのだ。〈双方合意の上での性行為は自由〉という結論にばかり目が行きがちであるが、〈女ばかりを縛ろうとする〉、〈〈社会が規定する女性性〉〉への糾弾こそが、松浦の回答の核心なのである。

人の欲求が物質的に、大筋において満たされるようになって久しい。そうした物質的豊饒の世界に生まれ育った若者が、なぜ、〈満たされない感じ〉・〈抑圧されているという感じ〉・〈漠然とした空虚な感じ〉を抱くのだろうか。それは、〈「人生は基本的につらいものなんだ」〉（「〈対談〉人生は基本的につらいもの」「鳩よ！」00・5）という認識の不足と人生に対する〈過剰な期待〉（同前）によるものであると松浦は考える。快楽としての人生への〈過剰な期待〉は、ひとたびその幻想が崩れ去れば、強烈な幻滅へと人を誘うのである。苦楽相半ばする〝生〟の本質遡及への欲求が充足されることがないために、〈満たされない感じ〉・〈抑圧されているという感じ〉・〈漠然とした空虚な感じ〉が九十年代後半の〝暗さ〟とともに渦巻いているのである。人間関係においても、〈けんかや対立が基本的にできない〉ために、〈人生に手応えがない〉（同前）と感じてしまう。松浦は、そんな希薄な人間関係が〝生〟の本質遡及への妨げとなっており、その点に危惧を抱くのだ。だからこそ、既成の社会なり道徳観なりとの〈けんかや対立〉を覚悟の上で「親指Pの修業時代」や「ナチュラル・ウーマン」といった作品をエキセントリックに世に問うているのである。その一方、『おぼれる人生相談』では、悩める質問者にカオスを抜け出す指針を優しく語りかけているのである。しかしながら、優しい語り口の裏には、〈〈社会が規定する女性性〉〉の解放という松浦の主張が激しく底流れているのである。もはや紙幅がつきたが、『おぼれる人生相談』は、〈〈社会が規定する女性性〉〉におぼれる質問者たちの救済の書であるとともに、社会という大きな渦に呑み込まれようとしている女性の一人としての松浦の静かな反逆の書なのでもある。

（東洋大学附属牛久高等学校教諭・前二松学舎大学非常勤講師）

# 「松浦さんはレズビアンなんですか?・」

## ――「優しい去勢のために」と同性愛――

跡上史郎

去勢されたものは、優しくなる。しかし、去勢そのものは、優しくはないようだ。去勢する行為の中に、去勢してしまいたいような残酷な粗暴さがある。例えば、男性の攻撃性を糾弾し、去勢しようとする女性の振る舞いそのものが、男性以上に攻撃的で、より男性的だったりするとしたら、そして、そのような攻撃性そのものが敵なのだとしたら、去勢の企ては失敗を運命づけられていると言う他ないであろう。

〈優しい去勢〉は、その陥穽を回避するものである。だが、どのように? 優しくない去勢行為が失敗に終わるのは、結局それが女性性に対し男性性が優位を振るう既存の社会的・文化的性差、ジェンダーの秩序の単純な反転に過ぎないからだ。内容が入れ替わっても図式そのものは温存されてしまう。〈優しい去勢〉は、その図式を拒否し、書き換えるようなものでなければならないであろう。松浦理英子は、「優しい去勢のために」最終節に当たる「セックス・ギャング・チャイルドの歌」でそれを〈〈性器〉を脱〉ぐという隠喩で表現している。〈性器〉は、既存のイメージに汚染され、搦め捕られてしまっている。故に、〈性器〉を脱ぐとは、そのような手垢のついたイメージにまみれた〈〈架空の性器〉を始末する〉ことだ。〈この去勢は優しく行われる〉(「GS」7号、88)。

松浦自身は、〈「優しい去勢のために」というエッセイを書くに当たって考えていたことがあるんです〉という。セックスを拡大した恋愛といったものが非常にいやなんですね。具体的には、たとえば男性が女性に対して持っている偏見とか、女性が男性に対して持ってる偏見とか、あるいは同性同士が持っている偏見とか、すべて性器中心のセックスが関与してできあがったものだという気がしてて、それが非常に不愉快です。[…]本当のセックスとか恋愛っていうのは性器の経験に限定されない、もっと豊かで面白いものなんじゃないかなって思うんですけど、どうも世間をみていると性器経験の特権化、中心化のせいで、非常に貧しいものが氾濫しているように思えるんです。（インタビュー「性の境界線を越えて」「早稲田文学」一五六号、89）

松浦が去勢したいのは、〈特権化、中心化〉されたものが押し付けてくる〈貧しいもの〉という暴力である。例えば、〈「ナチュラル・ウーマン」という小説も、性器なき性愛を書こうっていうのが一つの意図でした〉（同インタビュー）という。「ナチュラル・ウーマン」では、レズビアンが扱われているが、そのような題材の選択は、題材そのものに意味があるのではなく、既成の性愛秩序を離れたところでの、文学的な実験が行いやすいことによるものであろう。だからレズビアンに関する〈真実〉などというものを振りかざした瞬間、いかにそれが既成の異性愛的恋愛秩序から離れたものであったとしても、仮にそれが当事者の生の声だったとしても、松浦にとっては暴力なのだ。貧しさ、暴力の回避こそが〈優しい〉。「優しい去勢のために」にあるのは、〈真実〉という中心ではなく、言葉自体をエロス的に触知することを促すような、非中心的な比喩や迂言法の織物だ。

しかし、このような解釈は、すでに八〇年代に示された教科書的なものである。「優しい去勢のために」というエッセイにおいては、マイナーな性愛の話題が扱われているというよりも、メジャーな性愛に対置されるマイナーな性愛といった既成の性愛秩序そのものからの逸脱が語られているというべきなのだろう。その点での松浦の思考の徹底性、先駆性には驚くべきものがある。その文脈では、もうそれに尽きるという他ない。

その一方、九〇年代からの同性愛者をはじめとする日本のセクシャル・マイノリティ当事者たちによる、当事者たちが獲得した、当事者自身の声の高まり、さらにはセクシャル・マイノリティ作家たちの活躍という、松浦後の流れを考慮したらどうなるだろう。多くの人は、なんとなく松浦理英子はレズビアンなのではないかと思っているのではなかろうか。しかしそんなナイーブな、非文学的な質問が作者に向かって発されるなど、恥ずかしいことに違いない。ところが、松浦が受けたインタビューの中には、極めて単刀直入に〈ズバリ、現実に女性との恋愛経験がおありですか?〉という質問がなされ、そして当然松浦は〈答えたところで証明は不能ですから、ノー・コメントとさせていただきます〉と返しつつも、別にそれは気まずいものではないという場面があるのだ。このやりとりは、一九九五年の〈レディースコミック・タブー6月号増刊〉「フリーネ」創刊号でのものである。〈女性を愛するあなたに捧げる〉〈日本で初めての雑誌です〉という惹句が表紙に掲げられたレズビアン雑誌だ。すなわち、レズビアン当事者が、その当事者性をもって、レズビアンという題材を扱う松浦理英子に対し、この作者もレズビアンなのだろうかという関心を抱く、そのことに対して、松浦は反感や嫌悪感を示さない。基本的には示しようがないであろう。それは、マジョリティが理解しがたいものを、彼/女らが抱くレズビアンの既成の歪んだイメージに囲い込む行為とは異なるのだから。二号で終わった「フリーネ」なきあと、それを継承する「アニース」の一九九七夏号、二〇〇一夏号、二〇〇二夏号にも松浦は登場し、質問者や対談者と真摯で親密なやりとりを続けている。レズビアン雑誌の松浦から何が見えるだろうか。松浦が距離を置いてきた、レズビアンの当事者性に近い場所から、何か八〇年代的な〈優しい去勢〉理解に付け加えることはないであろうか。

基本的には、同性愛は、既存の男女のジェンダーや性愛の秩序を撹乱するものである。にも拘わらず、いや、だからこそだろうか、それが文学の題材となるのは、必ずしも特異なケースではない。三島由紀夫の『仮面の告白』(49)を難しいことを考えずに普通に読んでみよう。そこにあるのは、どうやら自分の性的関心は同性に向いているらしいという若い男性の悩み、そして彼が自分は同性を愛する存在であるという自己同一性を得ていく過程である。しかし、『仮面の告白』はあくまでも文学作品として取り扱われ、そこに見出されるのは、文学的問題であって同性愛をはじめとするセクシャル・マイノリティの問題ではなかった。そもそも三島由紀夫が同性愛者であることが、公然の秘密であるかのような状況がある。意を決して「僕は同性愛者なんです」と捨て身でクローゼットから飛び出した青年を、周囲が「まあまあ、あなたは優れた文学者なんですから」「『仮面の告白』は現実と切り離された自律的な作品なんですから」と、やんわり〈文学〉という新たなクローゼットに押し込んでしまったかのような。

一方で、一九九〇年代後半からの活躍が顕著なセクシャル・マイノリティ当事者の書き手を見てみよう。「夏の約束」で一九九九年度下半期第一二二回芥川賞を受賞した藤野千夜は性同一性障害。『白い薔薇の淵まで』で二〇〇一年度第一四回山本周五郎賞を受賞した中山可穂はレズビアン。『魔女の息子』で二〇〇三年度第四〇回文藝賞を受賞した伏見憲明はゲイ。「アニース」にも度々寄稿し、また松浦と対談もしている森奈津子は、バイセクシャル。彼／女らの書く小説では、主要登場人物がセクシャル・マイノリティである場合が多い。また、彼／女らは、自らがセクシャル・マイノリティであることを明らかにしている。

例えば、これら四人の中でも藤野千夜は、セクシャル・マイノリティの文脈で自分の文学的営為を眺められてしまうことを嫌っている。つまり、セクシャル・マイノリティである前に作家なのだということだ。にもかかわらず、芥川賞受賞時の各種対談で彼女は、性同一性障害に関してあまり理解の深くない対談相手に少し傷つきながらも、真摯に性同一性障害とはどのようなものなのかを、自らの幼少期まで含めて語り、またそのことによって対談相手が自らの不明を悟るに至らせている。作者がセクシャル・マイノリティであること、作品の内容がセクシャル・マイノリティにまつわるものであること、受け手側がそれらの事実を受け入れていることが調和しているのが、これら新世代セクシャル・マイノリティ作家の特徴だ。

さて、松浦理英子の場合はどうだろうか。レズビアン小説をものしている彼女であるが、自身のセクシャリティについては、語っていない。セクシャル・マイノリティに関する話題を扱っていても、作者自身のセクシャリティが問題にされなかったり、当事者ではない作者がなんらかの文学的な方便としてセクシャル・マイノリティに関する話題を扱っているのだと受け取られる事例は多くあるだろう。例えば、比留間久夫『YES・YES・YES』(89)に関して、西野浩司が〈ヨソ者にしては身体を張って書いてると思うけど〉(「日本初！　ゲイ小説家の「明日はどっちだ?」」『別冊宝島EXゲイの学園天国！』94)とゲイ当事者としてコメントしている。しかし、レズビアン当事者たちは、松浦に対し、〈ヨソ者にしては〉などというコメントはしないことであろう。

では、松浦はレズビアンなのかといえば、不明という他ない。男性と付き合った経験を書いたエッセイもなくはないが、どうもそういうことはあまり問題ではない。松浦においては、三島のようにセクシャリティの問題が露になりながら回避されるわけでも、新世代セクシャル・マイノリティ作家たちのように少数派である立場が明確にされ(比較的)正当に受け入れられるわけでも、比留間のようにマジョリティが便宜的にマイノリティの話題を選択しているのだととられることもない。これは、非常に特異な現象であると思われる。

角度を変えて言うならばこうだ。つまり、極めて素朴なレベルではレズビアンを示唆するように思われる小説やエッセイやインタビューまで含めた松浦理英子の表現活動が、彼女がレズビアンであるかどうかに拘わらず、あるいは、レズビアンであるかどうか明らかにしないことこそが、セクシャリティ不明の松浦のみならず、多くのレズビアン当事者にとって、なんらかのプラスをもたらしているらしいということである。どのようにして、そのようなことが可能なのだろうか。

勘所は、すなわち、松浦が先に見たように、既成の性愛のイメージに搦め捕られることを、拒否し続けていることだと思われる。コメントを拒否された質問者は、既成のイメージに松浦を搦め捕ることができない。既成のイメージこそは、マジョリティの権力の源泉である。

公式に「レズビアンか」と聞かれて「はい」と答えれば、マジョリティは「かわいいやつ」と言って、マイノリティという形でマジョリティ社会に組み込んでしまう。[…]言葉を尽くして、マイナーなセクシュアリティのことを説明して、マジョリティの人たちがわかったような気持ちになり、財産をひとつふやしたように感じるといった、一種の知的な植民地主義みたいなことが、私は嫌いなわけです。[…]理解したいというような欲求を突きつけられたら逆に混乱させてやるというようなことも、[…]必要である。[…]同性愛に対する抑圧的な状況を取り払おう《（ママ）》する意志があるのならば、「レズビアンか」と聞かれたらヘテロであっても完全否定すべきではない。（「インタビュー　松浦理英子」「アニース」二〇〇一夏号）

答えを示すことで、マジョリティを安心させてはならない。それでは、既存の枠組みは変更されない。教えるのではなく、考えさせるのだ。異性愛と同性愛の枠組みを対立させず、撹乱すること。同性愛と同定され、既知の枠組みの中に収められ、搦め捕られてしまうことを戦術的に往なし続けること。ここでも松浦の〈去勢〉は苛烈な〈優し〉さに充ち満ちている。この文学的な戦いは、活動系の人たちや、先に挙げた近年のセクシャル・マイノリティ当事者の作家たちに比べると、捩れてわかりにくく、孤独でさえあると言えるかもしれない。それくらいラディカルである。しかし、文学的であることが徹底されるとき、文学的な枠組みを越えた可能性が示唆されるのもまた事実なのだ。〈優しい去勢〉の〈優し〉さの射程は、深く長い。

（熊本大学助教授）

# 二元論を内破すること――『優しい去勢のために』の挑戦――疋田雅昭

「優しい去勢のために」が「GS」誌上に連載され始めたのは一九八四年六月のことである。後に単行本『優しい去勢のために』となるのは一九九四年のことだから十年の隔たりがあることになる。ここでは、初出時ではなく、単行本としての本作にこだわりたいと思うのは、幾つかの理由がある。

まずこの散文は、どんなジャンルとして規定すればよいのだろう。もちろん、散文におけるジャンル規定がしばしば無効であることや、むしろジャンル分けしようとする行為そのものが、ジャンルを規定する根源であることは百も承知である。にもかかわらず、この散文のジャンルにこだわってしまうのは、私が単行本としてこの散文に出会って出逢っているからにほかならない。

巻頭の「端書き」によると〈十年間に書いたエッセーが収められている〉という。ということはこの散文もエッセイとみなせばよいのか。しかし、『優しい去勢のために』に関しては〈呪文とも散文詩ともつかないテキスト〉だと言っている。確かに、同書に収録している書評や「エッセイ」の理論的で硬質な文体と比較してみると、やはり詩的散文だとか散文詩だとかいってみたくなるのである。

さらに松浦はこの散文を一九九四年の〈今なら書かない〉という。バタイユの影響下にある作品思想とは距離感が生じているというのである。

だとすれば、単行本として『優しい去勢のために』を読もうとする我々は、作者の思想には還元せず、まずはテクストとして認識し同時代の状況と接続させる必要があるだろう。作家から切断すること。フェミニズムにおける九〇年代中頃という時代状況と接続させること。この散文のスタイルをこの時期の評論のそれと接続させること。そして再び、この散文を周囲から切断させること…。

周知の通り一九九〇年代のフェミニズムは、それまでの様な「ジェンダー」「セックス」という区分が通用しなくなってきた。精神分析や医学にまつわる一見「科学的」な言説たち。実はこれらこそが、男／女という二分を根源から支えてきたものであり、それらがジェンダー同様決して変更不可能なものではないことを明るみにした構築主義批評。それまでのジェンダー概念が担保としてきた本質的区分を打破したその功績は大きい。それまでにも論壇において抄訳され紹介されてきた『ジェンダー・トラブル』の翻訳は一九九九年のことである。

様々な論中にある意識されざる本質主義の陥穽に対し、構築主義はたしかに大きな武器となった。男／女二分の狭間にあった様々な人々へも関心の眼を向けさせることが出来た。しかし、そのラディカルな批評は、本来擁護すべき「女」にまつわる領域性をもその対象に含めている。こうした状況下において、たとえば戦略的本質主義（スピバック）などがどの程度の有効性を持つのか、筆者にははなはだ疑問ではあるが、とにかく構築主義批評は、擁護すべきと思われるあらゆるカテゴリーを原理的に無効にする力を有するとは言えるだろう。

だが、こうした構築主義批評はフェミニズムの領域にとどまらない。カルチュラル・スタディズを背景にした多くの研究は、その傾向に近代によって「創られた」ものであるという結論が多いことは、今日よく揶揄されている。しかし、近代の短い歴史によって「創られた」ものに過ぎないという批評は、実感的見地に立てば何の効力もないことは多いのである。たとえば、ある差別が長い歴史的経緯を持たないものであったとしても、その意識に由来する様々な感情は、当事者たちにとって動かしがたい身体的実感だからだ。さらに、カテゴリー化は、言語を論理的に使用する上では避けられないものであり、それは言語が差異の体系である以上、必然的なものである。
だから、『優しい去勢のために』の文体は、やはりただの散文ではないのだ。ここで「詩的」という言葉を使うには一定の留保を必要とするが、それでも散文のもつ必然的な論理化、カテゴリー化に抗するものとして、「詩的散文」という言葉を使いたい。このテクストの魅力はその比喩にあることは言を待たないが、さらに、この独白における多くの空白は、多くの解釈の余地を生み出すだけではなく、ある種の論理的決定を常に避けている。

> 誘い水を滴らせることもなくいつもの〈愛〉のお呪いを囁くこともなく、白痴のようにあなたの静かな性器を抱きしめたい。粘液まみれの腰を振り立てホルモン臭い息を吐き互いの体の毛孔に〈愛している〉という観念を吹き込み合うあの作業、これまでは存分に愉しんで来たあの作業が今はとても痛い。

このテクストは、これまでの性行為を否定しそれを〈痛い〉ことだとしている。その傷みの根源は、生命の誕生の際〈全身をペニスにして母親を内側から犯した〉時のものである。以来我々は《生命》に《時間》を売り渡し続けているのだが、古から流れ行く時間の外に出る回路を有すると言われるアクメと言えども、テクストの見地から見ればその《時間》から逃れうるものではない。

つまり、この物語は、〈痛いのに飽きたわたしとあなた〉が〈別の方法で〈時間〉〉を取り戻そうとする試みなのである。性行為における可能性が否定されたとしても、それを別の《個》で置き換えようとするわけでもなく、男女以外の形で充足しようとするわけでもない。

私たちは侮辱し合っているのではあるまいか？　確かに《個》を否定したい気持ちが《全》への志向に発展するのだが、もともとは互いの《個》性に惹かれて始めた営みである。

〈《個》性〉に惹かれた相手としか性交出来ず、にもかかわらず、性交が〈《個》を否定したい気持ちが〈全〉への志向に発展する〉為のものだとしたら…。論理的命題として考えれば、おそらく矛盾律や排中律にしかならない思考に、詩的散文は〈《欲望》に捌け口を与えず〈個〉の輪郭上でスパークさせるのはどうだろう?〉と語る。だからこそ、身体器官における〈《欲望》の捌け口〉である性器には、以下のような位置しか与えられない。〈性器〉は、genderを指定する記号であり生殖という大事業を全うするための仕掛けであり、実用性の方が〈過剰〉性よりも優る野暮なメイン・ストリートでしかないからだ。肛門を凌駕する力などあるはずもない。ここで称揚される「肛門」とは〈《無性》という gender における〈性器〉〉であり、女性器の代替や第三の性器ではないと言う。そしてその称揚は、一遍の詩として結実してゆく。

肛門はクラインの壺。／肛門は gender という虚構の精算所。／肛門は甘くて酸っぱい。／肛門は現身にあって奇跡的に夢を解放する場所。／仄暗い部屋の底で、わたしたちは二つの肛門になる。

詩における肛門とはあらゆる矛盾律を内包したような存在である。たとえ、どんな理論が男／女の二元論の歴史性を告発したとしても、そして性交が男／女の営みである先入観から解放されたとしても、それが《個》の交わりであることには変わりない。《個》の尊重が性交に至り、それこそが《全》への志向であるに他ならないという論理世界の中で、このテクストは論理の外に出ようとしているのだ。

このテクストは、お互いが〈あらゆる余計なもの、不潔なもの〉を脱いで終わる。〈性器による〈表現〉〉を辞め、〈性器によらない快楽を愉しむ〉のだという。ならば、我々も「架空の性器」を脱ぎ捨てなくてはならないのか? たしかに『優しい去勢のために』はその〈性器〉が〈架空〉であることに気がつかねばならないだろう。しかし、この現実の世界の中で……。

（立教大学大学院生）

# 松浦理英子　主要参考文献

伊藤秀美


**単行本**

トーキングヘッズ編集部編　『〈トーキングヘッズ叢書第8巻〉松浦理英子とPセンスな愛の美学』（書苑新社、95・12）

**雑誌特集**

「文芸」（93・11）「〈特集〉松浦理英子「親指Pの修業時代」」

「月刊カドカワ」（95・11）「松浦理英子自身による松浦理英子スペシャル」

**論文・評論**

吉田文憲　「〔新鋭作家論特集〕松浦理英子論―擬態としてのナルシス」（「文芸」86・12）

廣瀬　誠　「海胆とサボテンの恋愛　松浦理英子『ナチュラル・ウーマン』を入り口とする趣味の観念逍遥」（「北方文芸21」88・11）

荻原雄一　「「松浦理英子」論―誇り高きMの構図」（長谷川泉編『〈国文学解釈と鑑賞別冊〉女性作家新流』至文堂、91・5）

絓　秀実　「小説家Mとは誰か　松浦理英子「親指Pの修業時代」」（「早稲田文学」94・3）

芳川泰久　「親指Pはいかに〝距離〟を埋めるか―松浦理英子を読むことの愉楽」（「早稲田文学」94・10→『小説愛　世界一不幸な日本文学を救うために』三一書房、95・6）

高原英理　「無垢を精製するために」（「群像」96・12→改稿して「意識の新戦略―松浦理英子『ナチュラル・ウーマン』」『少女領域』図書刊行会、99・10）

森　崇　「記憶と表層―松浦理英子と金井美恵子」（「Criticism」97・3）

小谷真理　「松浦理英子論―サイボーグ・ファロスの修業時代（煉獄編）」（「文学界」97・8）

市村孝子　「ジュディス・バトラーと松浦理英子　視線の交差〈I〉」（「Artes liberaies（岩手大学人文社会科学部紀要）」98・6）

カトリン・アマン　「性的アイデンティティの拡散　松浦理英子『親指Pの修業時代』」（『歪む身体　現代女性作家の変身譚』専修大学出版局、00・4）

市村孝子「ジュディス・バトラーと松浦理英子　視線の交差〈Ⅱ〉」（「Artes liberaies（岩手大学人文社会科学部紀要）」00・6）

飯田祐子「関係を続ける　松浦理英子『裏ヴァージョン』、『こころ』と『放浪記』と」（「現代思想」00・12）

残　雪（近藤直子訳）「水晶のような境地―『親指Pの修業時代』の啓示」（「すばる」02・7）

上條晴史「性愛のビルドゥングス・ロマンとして―松浦理英子の描いたもの」（「新日本文学」03・11）

## 書評・解説・その他

奥野健男「〈文芸時評〉質が向上した新人作品」（「産経新聞」78・11・28→『奥野健男文芸時評〔上巻〕』河出書房新社、93・11）

川村二郎／高橋たか子／大橋健三郎「第三十七回創作合評「葬儀の日」松浦理英子」（「群像」79・1）

森　敦／黒井千次「●対談時評　燃焼と持続　火のリズム　松浦理英子」（「文学界」79・8）

河野多恵子／佐伯彰一「女流新人の現在―対談時評―松浦理英子「セバスチャン」」（「文学界」81・3）

菊田　均「小説への発言32　俗人について」（「早稲田文学」81・4）

千種　堅「レズビアンは自然な女の……　松浦理英子著　ナチュラル・ウーマン」（「図書新聞」87・4・18）

種村季弘「文芸時評〈下〉」（「朝日新聞」87・4・24）

中上健次「第一回三島由紀夫賞　選評　私は『ナチュラル・ウーマン』を推した」（「新潮」88・7）

四方田犬彦「もっと知的に　奇跡的な女流作家・松浦理英子は、優しくも残酷な女性心理を描き出す。「ナチュラル・ウーマン」」（「クリーク」90・11・5）

四方田犬彦「解説」（『ナチュラル・ウーマン』河出文庫、91・10）

松浦理英子／富岡幸一郎「〈畸型〉からのまなざし」（『セバスチャン』河出文庫、92・7）

鈴木敏文「〈現代作家にみる性の描き方〉松浦理英子『ナチュラル・ウーマン』」（『〈別冊新文芸読本〉性の文学』河出書房新社、92・7）

与那覇恵子「V　フェミニズム、女性空間の現在　松浦理英子―越境する性」（「国文学」92・11）

植島啓司「解説」（『葬儀の日』河出文庫、93・1）

渡部直己／高橋団吉「〈POST　BOOK　REVIEW〉「いつまで、ペニス対ヴァギナ……」を「セバスチャン」松浦理英子著」（「週刊ポスト」93・1・29）

小山鉄郎「〈文学者追跡〉松浦理英子の企み」（「文学界」

93・12）
川西政明「松浦理英子著　親指Pの修業時代」（「読売新聞」93・12・14）
高橋源一郎「〈週刊図書館〉退屈な読書⑩　平凡なことを非凡に言うのが傑作なんだよ」（「週刊朝日」93・12・17）
濱田芳彰「松浦理英子「親指Pの修業時代」」（「アサヒ芸能」93・12・23）
秋山　駿「〈週刊図書館〉卓抜なアイディアと構想力で主題を展開『親指Pの修業時代』松浦理英子」（「週刊朝日」93・12・24）
小原眞紀子「〈書評〉性と人格の因数分解　松浦理英子『親指Pの修業時代』」（「群像」94・1）
沼野充義「〈文芸時評〉ちょっと変《いい》、ああ、すごく変《いい》！」（「海燕」94・1）
松浦理英子「松浦理英子、話題の長編小説『親指Pの修業時代』を語る」（「太陽」94・1）
――「松浦理英子―親指がペニスになった22歳の女は何を見たのか。」（「マルコポーロ」94・1）
森岡正博「男と女の関係性を再吟味させる〈悪夢〉親指Pの修業時代」（「図書新聞」94・1・1）
中沢けい「親指Pの修業時代　異なる呼吸の文章使い分け」（「日本経済新聞」94・1・9）
島森路子「〈本と出会う―批評と紹介（3）〉親指Pの修業時代」（「毎日新聞」94・1・10）
（空）「〈BOOK review〉新刊紹介　まぎれもなく93年度の代表作だ「親指Pの修業時代」松浦理英子著」（「週刊読売」94・1・23）
大江健三郎「〈文芸時評　上〉『親指Pの修業時代』」（「朝日新聞」94・1・24）
松浦理英子／渡部直己（聞き手）「【インタビュー】親指Pの真実」（「文芸」94・2）
富岡幸一郎「親指Pの修業時代　松浦理英子」（「すばる」94・2）
野谷文昭「パラレル・ワールドの旅―松浦理英子『親指Pの修業時代』（上・下）」（「新潮」94・2）
矢切隆之「文豪はなぜ「性」を書くのか」（「新潮45」94・2）
坪内祐三「〈BOOKS〉昨年末からのベストセラー。さすが、読むべき本は売れるわけだ。」（「ターザン」94・2・23）
松浦理英子「文学とセクシュアリティー」（「早稲田文学」94・3→改稿し「親指ペニスとは何か」『親指Pの修業時代　下』河出文庫、95・9）

小原眞紀子「松浦理英子『親指Pの修業時代』早稲田大学親指ピー子とパー子のデュアル・クリティック」（「早稲田文学」94・3）

小川洋子「〈文学界図書館〉肉体がはらむ絶対的孤独　松浦理英子著『親指Pの修業時代』」（「文学界」94・3）

（瓜）「〈標的・文学'94〉松浦理英子の「根」　意味喪失後を問う『親指P』」（「朝日新聞」94・3・7）

――「松浦理英子――『親指Pの修業時代』で愛と性の幻想をリアルに綴る」（「週刊ポスト」94・3・18）

野崎正幸「〈書評の批評〉新しい人間の形成をめざした小説が物議をかもした理由　親指Pの修業時代」（「鳩よ！」94・4）

松浦理英子「「結合」だけが性愛じゃない」（「婦人公論」94・5・1）

水越真紀「彼のペニスと彼女のペニス　松浦理英子『親指Pの修行《ママ》時代』」（「思想の科学」94・6）

西野浩司「このしたたかさこそ、ナチュラル　松浦理英子『ナチュラル・ウーマン』」（「思想の科学」94・6）

石原慎太郎／江藤淳／筒井康隆／宮本輝／高橋源一郎「第七回三島由紀夫賞　選評」（「新潮」94・7）＊候補作『親指Pの修業時代』

中野　翠「〈Books　私の読書日記②〉思わず映画のキャストを想像させる小説が、私にとって名著らしい　ポケット・フェティッシュ」（「マルコポーロ」94・8）

芳川泰久「男根中心主義を超えて」（「図書新聞」94・8・27）

――「著者インタビュー　図版と組み合わせて生きる文章を　松浦理英子『ポケット・フェティッシュ』」（「サンデー毎日」94・9・4）

（力）「〈ぺーぱーないふ〉これは事件です　女流文学賞発表会見」（「東京新聞夕刊」94・9・5）

森岡正博「〈読書日録〉松浦理英子のエロス論」（「週刊読書人」94・9・16）

阿川弘之／佐伯彰一／瀬戸内寂聴／田辺聖子／大庭みな子「平成六年度女流文学賞発表　授賞作　親指Pの修業時代　松浦理英子　選評」（「婦人公論」94・11・1）

桐野夏生「文学の規範に挑戦する、スリリングな対談集　おカルトお毒味定食」（「CREA」94・12）

浅見克彦「テーマそのものの威力　松浦理英子著　優しい去勢のために」（「週刊読書人」94・12・2）

（空）「〈BOOK REVIEW〉「性器に頼らない」快楽のすすめ「優しい去勢のために」松浦理英子著」（「週刊読売」94・12・11）

青海　健「日本文学1994年」（「週刊読書人」94・12・23）

島田雅彦／松浦理英子「〈特別対談〉プロレタリア作家は倒錯する」（「中央公論文芸特集」94・冬）

小谷真理「映画『ナチュラル・ウーマン』レズビアン・ファロスの修業時代」（「文学界」95・2）

与那覇恵子「日本文学の現代史　8」（「週刊読書人」95・3・10）

与那覇恵子「この作家のここを盗め7　松浦理英子に学ぶ　紋切り型を避け物事の裏を読む習慣を持つ」（「鳩よ！」96・3）

岩見照代「松浦理英子『親指Pの修業時代』」（「国文学」96・7）

吉本隆明「松浦理英子『親指Pの修業時代』の読み方。」（『消費のなかの芸』ロッキング・オン、96・7）

川村　湊「メンタリティ＝松浦理英子」（「国文学」96・8）

――「ねぇ、コレ、読んだ!?　暇つぶしに読む現代本より、一葉のほうが新鮮かもしれないよ。　現代語訳　樋口一葉　たけくらべ」（「Hanako」97・2・20）

桐野夏生「解説」（『おカルトお毒味定食』河出文庫、97・4）

山﨑眞紀子「松浦理英子」（榎本正樹他編『大江からばななまで』日外アソシエーツ、97・4）

栗坪良樹「樋口一葉の魂が、女性作家・詩人に憑依して今によみがえる　松浦理英子『現代語訳樋口一葉「たけくらべ」』」（「サンデー毎日」97・4・13）

寺田　操「ナチュラルな性愛　松浦理英子『ナチュラル・ウーマン』」（『恋愛の解剖学―エロスとタナトレス』風琳堂、97・11）

斎藤美奈子「解説　覚醒と陶酔のミルフィーユ」（『優しい去勢のために』ちくま文庫、97・12）

古川美穂「お局店員イチオシ本　若者の純粋な悩みに、愚直なまでの方法で回答を探る…テレビでは味わえない涙が　おぼれる人生相談」（「週刊宝石」99・1・28）

斎藤美奈子「〈文春図書館〉どんな悩みも真正面から受け止める姿勢への共感　おぼれる人生相談」（「週刊文春」99・2・4）

朝山　実「松浦理英子『おぼれる人生相談』悩み相談には聖母マリアのように　小説を語るときはミステリアスに」（「週刊朝日」99・3・5）

清水良典「ナイーブで正攻法の語り口が貫徹、松浦理英子「親指Pの修業時代」」（『最後の文芸時評』四谷ラウンド、99・7←共同通信配信）

栗原裕一郎「松浦理英子　松浦理英子は、「フェミニスト」にあらず。」（『〈別冊宝島496号〉いまどきの「ブンガク」』宝島社、00・3）
清水良典「裏ヴァージョン　自分とは何かを問う観念の格闘技の物語」（「朝日新聞」00・10・29）
島森路子「〈今週の本棚〉裏ヴァージョン　物語を書いたのは一体、誰なのか」（「毎日新聞」00・11・5）
朝山　実「〈週刊図書館〉松浦理英子『裏ヴァージョン』」（「週刊朝日」00・11・10）
小山内伸「一対一の濃密な関係描く『裏ヴァージョン』の松浦理英子氏に聞く」（「朝日新聞夕刊」00・11・9）
芳川泰久「松浦理英子著　裏ヴァージョンを読む」（「週刊読書人」00・11・24）
松浦理英子「〈文学界図書室〉性愛から友愛へ―『裏ヴァージョン』をめぐって　松浦理英子インタビュー」（「文学界」00・12）
稲葉真弓「〈書評〉フロッピー・ディスクの中の密室　松浦理英子……【裏ヴァージョン】」（「群像」01・1）
倉数　茂「松浦理英子『裏ヴァージョン』アドレッサンスに固着すること」（「早稲田文学」01・1）
小谷真理「もうひとりの、優しいミザリー　松浦理英子『裏ヴァージョン』」（「すばる」01・1）
高橋源一郎「〈本〉これは書評ではない『裏ヴァージョン』―松浦理英子」（「新潮」01・1）
内藤千珠子「『裏ヴァージョン』松浦理英子」（「文芸」01・2）
中村三春「レズビアン―谷崎潤一郎『卍』松浦理英子『ナチュラル・ウーマン』」（「国文学」01・2）
松浦理英子「〈著者が語る「私の本」〉松浦理英子『裏ヴァージョン』」（「鳩よ！」01・2）
五木寛之／松浦理英子「〈対談〉人生は基本的につらいもの」（『おぼれる人生相談』角川文庫、01・4）
久保田裕子「松浦理英子」（川村湊・原善編『現代女性作家研究事典』鼎書房、01・9）
金井景子「「文学作品」がジェンダー・フリー教材になるとき―揺らぐこと、揺さぶることをめぐって―」（「文学」02・1、2）
佐藤　泉「松浦理英子　親指Pの修業時代」（栗坪良樹『現代文学鑑賞辞典』東京堂出版、02・3）
吉田司雄「序章　小説を書く／読む　松浦理英子裏ヴァージョン」（一柳廣孝他編『文化のなかのテクスト　カルチュラル・リーディングへの招待』双文社出版、05・2）

（武蔵野大学学生）

# 松浦理英子 年譜

花崎育代

**一九五八**（昭和三十三）**年**

八月七日、愛媛県松山市に生まれる。旧電電公社職員であった父の仕事の関係で、徳島、香川などに住む。

**一九七七**（昭和五十二）**年**　**十九歳**

四月、青山学院大学文学部仏文学科入学。

**一九七八**（昭和五十三）**年**　**二十歳**

「葬儀の日」（「文学界」12）で、第四十七回文学界新人賞受賞。第八十回芥川賞候補にも選ばれる。

**一九七九**（昭和五十四）**年**　**二十一歳**

「火のリズム」（「文学界」7）、「乾く夏」（「文学界」10・第八十二回芥川賞候補）発表。

**一九八〇**（昭和五十五）**年**　**二十二歳**

『葬儀の日』（文芸春秋、8）刊行。

**一九八一**（昭和五十六）**年**　**二十三歳**

三月、青山学院大学文学部仏文学科卒業。『セバスチャン』（文芸春秋、8）刊行。

**一九八五**（昭和六十）**年**　**二十七歳**

「変態月」（「すばる」9）発表。

**一九八六**（昭和六十一）**年**　**二十八歳**

対談集『大原まり子・松浦理英子の部屋』（旺文社、1）刊行。

**一九八七**（昭和六十二）**年**　**二十九歳**

『ナチュラル・ウーマン』（トレヴィル、2）刊行。

**一九八八**（昭和六十三）**年**　**三十歳**

『ナチュラル・ウーマン』が、選者の中上健次の特別推薦により、第一回三島由紀夫賞の候補となる。

**一九八九**（平成一）**年**　**三十一歳**

一話完結の連載短編小説「天上の愛　地上の愛」（「SALE 2」No.36〜40）発表。

**一九九二**（平成四）**年**　**三十四歳**

「嘲笑せよ、強姦者は女を侮辱できない」（「朝日ジャーナル」4・17）発表、論議を呼ぶ。若干の加筆後、『日本のフェミニズム6』（岩波書店、95）に収録される。

**一九九三**（平成五）**年**　**三十五歳**

『親指Pの修行時代』（河出書房新社、11）刊行、第七回三島由紀夫賞候補となる。

**一九九四**（平成六）**年**　**三十六歳**

エッセイ集『ポケット・フェティッシュ』（白水社、5）、大類信との共同監修『クラウス・ゲーハート写真集』

（河出書房新社、5）、笙野頼子との対談集『おカルトお毒味定食』（河出書房新社、8）刊行。八月、『親指Pの修行時代』で第三十三回女流文学賞受賞。『優しい去勢のために』（筑摩書房、9）刊行。十二月、『ナチュラル・ウーマン』の映画化に際し脚本を共同執筆、のち『'94年鑑代表シナリオ集』（映人社）に収録される。

**一九九五（平成七）年　三十七歳**
「松浦理英子自身による松浦理英子スペシャル」（「月刊カドカワ」11）発表。

**一九九六（平成八）年　三十八歳**
『たけくらべ―現代語訳樋口一葉』（河出書房新社、11）刊行。

**一九九八（平成十）年　四十歳**
『おぼれる人生相談』（角川書店、12）刊行。

**一九九九（平成十一）年　四十一歳**
「葬儀の日」「ナチュラル・ウーマン」を収録した『女性作家シリーズ21　山田詠美／増田みず子／松浦理英子／笙野頼子』（角川書店、7）刊行。

**二〇〇〇（平成十二）年　四十二歳**
『裏ヴァージョン』（筑摩書房、10）刊行。

**二〇〇一（平成十三）年　四十三歳**
九月十一日～十五日、北京の中国社会科学院外国文学研究所で行われた日中女性文学シンポジウムに、津島佑子、小川洋子らと日本側作家として出席。このときのエッセイ「SKIN AND SOUL」が「すばる」（12）に、またこのエッセイと発言レポート及び提出レポート「「性」を笑う」「情動を喚起する力」が『日中女性文学シンポジウム・報告集』（鼎書房、02・1）に収録された。十二月、津島佑子、島田雅彦、星野智幸らと日本とインドの作家交流「日印作家キャラバン」に参加し、インド旅行。

**二〇〇二（平成十四）年　四十四歳**
「日印作家キャラバン」参加、インド旅行。「特集＝インド女性作家との対話　「異質さ」を肯定する文学」（モハッシェタ・デビ＋津島佑子、中沢けいと）（「文学界」12）。

**二〇〇三（平成十五）年　四十五歳**
「読み切り短編小説「蕩心」」（「en-taxi No.01」3）発表。十一月十三日、「日印作家キャラバン２００３」のシンポジウム「禁欲と快楽」に出席。

**二〇〇四（平成十六）年　四十六歳**
前年十一月の「日印作家キャラバンシンポジウム「禁欲と快楽」」（ムリドゥラー・ガルグ、マヘーシュ・ダッターニ、島田雅彦、星野智幸と）（「すばる」5）掲載。

（立命館大学教授）

現代女性作家読本 ⑤

# 松浦理英子

発　行――二〇〇六年六月二〇日
編　者――清水良典
編集補助―原田　桂
発行者――加曽利達孝
発行所――鼎　書　房　http://www.kanae-shobo.com
〒132-0031 東京都江戸川区松島二-一七-二
TEL・FAX 〇三-三六五四-一〇六四
印刷所――イイジマ・互恵
製本所――エイワ

表紙装幀―しまうまデザイン

ISBN4-907846-36-3　C0095

## 現代女性作家読本（全10巻）

原　善 編「川上弘美」
髙根沢紀子 編「小川洋子」
川村　湊 編「津島佑子」
清水良典 編「笙野頼子」
清水良典 編「松浦理英子」
与那覇恵子 編「髙樹のぶ子」
髙根沢紀子 編「多和田葉子」
与那覇恵子 編「中沢けい」
川村　湊 編「柳　美里」
原　善 編「山田詠美」

現代女性作家読本　別巻①
武蔵野大学日文研 編「鷺沢萠」